DANTE
REGISTA

Per le tattiche di gioco si ispira alle grandi battaglie della storia e usa la fisica per studiare le parabole dei lanci.

BECAN
ALA DESTRA

Viene dall'Albania. I suoi genitori lavorano al *Petali in pentola*. Corre veloce come una gazzella e ha un gran destro.

SARA E LARA
DIFENSORI

Capelli rossi e lentiggini, sono due gocce d'acqua. Erano costrette a studiare danza, ora entrano in scivolata!

SPILLO
PORTIERE

L'ultima cosa a cui somiglia è uno spillo! Quando la palla si avvicina ci si butta come su un cono alla panna!

JOAO
ALA SINISTRA

Brasiliano, è mancino e passa
le domeniche al parco a giocare
a calcio con i suoi mille cugini.

CIRO
JOLLY

Napoletano, ha tre fratelli che giocano
a pallacanestro, ma lui adora il calcio.
Gioca ovunque, anche in porta.

PAVEL E IGOR
CENTRAVANTI

Due biondini gemelli, vivacissimi,
molto veloci, che in campo hanno
l'abitudine di chiacchierare un sacco.

SAVERIO
ALA DESTRA

È velocissimo, fa dei cross favolosi
e ha giocato nell'Accademia Blu
e poi all'Inter insieme a Tommi.

RAFA
CENTRAVANTI

Viene dalla Spagna, dove giocava
nelle giovanili del Real Madrid.
È alto, biondo, e ha i capelli lunghi.

ACHILLE
CENTROCAMPISTA

È il bullo della scuola, ma gli piace
il calcio, e per entrare nelle Cipolline
ha deciso di darsi una regolata.

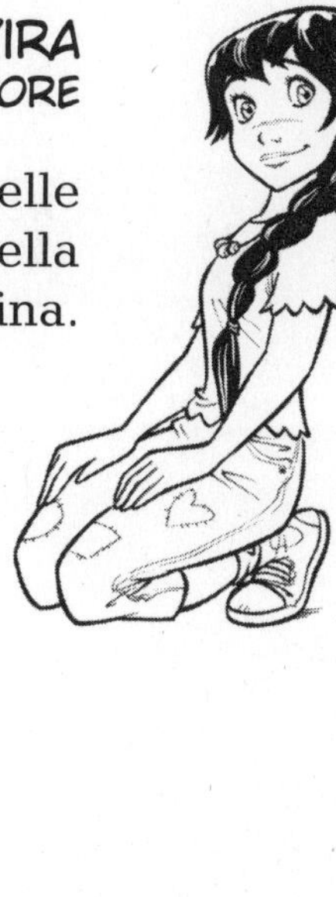

ELVIRA
DIFENSORE

Era il fortissimo capitano delle
Rosa Shocking. Ha una bella
treccia nera ed è molto carina.

BRUNO
CENTROCAMPISTA

Ex numero 10 dei Diavoli Rossi.
È forte come un toro, ma ha il cuore
di burro e adora gli animali.

Agli allenatori
che non si dimenticano delle riserve

www.battelloavapore.it

Progetto editoriale: Marcella Drago e Clare Stringer
Progetto grafico: Gioia Giunchi e Laura Zuccotti
Colore: Davide Turotti
Realizzazione editoriale: Atlantyca Dreamfarm s.r.l.

I Edizione 2011

20145 Milano - Via Tiziano, 32
www.edizpiemme.it - info@edizpiemme.it

Stampa: Mondadori Printing S.p.A. - Stabilimento NSM - Cles (Trento)

Luigi Garlando

Girone di ritorno

Illustrazioni di
Marco Gentilini

PIEMME

LA PRIMA METÀ DEL CAMPIONATO ERA ANDATA COSÌ:

PRIMA GIORNATA

Talenti (BG) - Fiocchi (SO)	4-0
Leoncini (BS) - 10&Lodi (LO)	5-1
Din.Brianza (LC) - Atl.Miao (MN)	2-1
Ticino F.C. (PV) - Cipo-K (MI)	1-5

SECONDA GIORNATA

Cipo-K (MI) - Din.Brianza (LC)	3-2
Fiocchi (SO) - Leoncini (BS)	1-3
10&Lodi (LO) - Ticino F.C. (PV)	0-3
Atl.Miao (MN) - Talenti (BG)	0-0

TERZA GIORNATA

Din.Brianza (LC) - 10&Lodi (LO)	2-2
Leoncini (BS) - Atl.Miao (MN)	3-3
Talenti (BG) - Cipo-K (MI)	1-1
Ticino F.C. (PV) - Fiocchi (SO)	0-0

QUARTA GIORNATA

Atl.Miao (MN) - Ticino F.C. (PV)	2-1
Cipo-K (MI) - Leoncini (BS)	1-0
10&Lodi (LO) - Talenti (BG)	1-1
Fiocchi (SO) - Din.Brianza (LC)	0-1

QUINTA GIORNATA

Atl.Miao (MN) - Cipo-K (MI)	5-1
Fiocchi (SO) - 10&Lodi (LO)	1-3
Leoncini (BS) - Ticino F.C. (PV)	4-0
Talenti (BG) - Din.Brianza (LC)	3-2

SESTA GIORNATA

Din.Brianza (LC) - Leoncini (BS)	0-0
10&Lodi (LO) - Atl.Miao (MN)	1-1
Fiocchi (SO) - Cipo-K (MI)	2-2
Ticino F.C. (PV) - Talenti (BG)	1-2

SETTIMA GIORNATA

10&Lodi (LO) - Cipo-K (MI)	4-3
Atl.Miao (MN) - Fiocchi (SO)	1-1
Leoncini (BS) - Talenti (BG)	2-1
Ticino F.C. (PV) - Din.Brianza (LC)	2-2

CLASSIFICA AL TERMINE DEL GIRONE DI ANDATA	
LEONCINI di Brescia	14
TALENTI di Sotto il Monte (BG)	12
CIPO-K di Milano	**11**
ATLETICO MIAO di Mantova	10
DINAMO BRIANZA di Merate (LC)	9
10&LODI di Lodi	9
TICINO F.C. di Pavia	5
FIOCCHI di Bormio (SO)	3

1 PARTENZA A RAZZO

Sabato pomeriggio nella tisaneria di Eva.

Sofia, Daniela e Lucia bevono un tè e chiacchierano del misterioso locale che sta per aprire proprio accanto al *Petali in pentola*.

– Ci lavorano da settimane ormai, ma nessuno sa dire di che cosa si tratti – dice Lucia.

– Ho provato a chiedere anche agli operai, ma sembra che tutto debba restare in grande segreto – aggiunge Sofia, che rimane con la tazzina sospesa a mezz'aria fissando la porta d'ingresso.

– Sta entrando Gaston? – le chiede Daniela.

– No, sta entrando un tipo molto diverso da Gaston, purtroppo... – risponde l'insegnante di danza.

Le due amiche si voltano e si trattengono per non scoppiare a ridere davanti allo sconosciuto che si sta incamminando verso il bancone di Eva. È un ragazzone fra i trenta e i trentacinque anni, alto quasi due metri, mascella larga da squalo, occhi azzurri come il mare e capelli biondi pettinati all'indietro.

Ha ragione Daniela: – Sembra un attore da telenovela...

ADAM

– O un atleta – azzarda Lucia.

Dalle maniche rimboccate della camicia a quadri spuntano due braccia muscolose, grosse come due gambe di Dante...

– Bel ragazzo, niente da dire. Ma vi assicuro che quando il mio Gaston aveva la sua età e mi portava le rose a teatro era dieci volte meglio! – assicura Sofia, che poi svuota la tazza di tè.

Le due amiche ridacchiano ancora divertite.

Lo sconosciuto si appoggia al bancone e saluta Eva con un gran sorriso.

– Ciao – ricambia la ragazza ceca. – Cosa posso offrirti?

– Sinceramente sono indeciso... – risponde il biondo con un accento curioso. – Mi potresti dare un consiglio tu?

– Dipende da come ti senti – spiega Eva. – Le erbe non sono tutte uguali. Sei ansioso, stanco, depresso, nervoso?

Il ragazzo ci pensa un po', poi risponde: – Sono meravigliato, sorpreso... Non me l'aspettavo di incontrare una ragazza così carina. Posso conoscere il tuo nome?

Eva glielo dice, poi si volta a prendere alcuni barattoli dallo scaffale di legno.

– Non ci credo! – esclama il ragazzone. – Ma è eccezionale...

– Io veramente non ci trovo niente di eccezionale – commenta la dea delle tisane. – Eva è un nome molto comune.

– Ma è eccezionale la coincidenza! – insiste il biondo. – Io mi chiamo Adam. Capisci? Adamo ed Eva... Non è curioso?

– Forse. Comunque ti informo che ti trovi soltanto al *Paradiso di Gaston*, non nel paradiso terrestre – precisa senza troppo entusiasmo Eva, che prosegue la preparazione dell'infuso.

Dopo una ventina di minuti il ragazzo muscoloso saluta e si allontana.

A quel punto, Daniela, Lucia e Sofia si alzano di scatto e raggiungono il bancone.

– Sbaglio o quel bel ragazzo sembrava più interessato a te che alle tue erbe? – domanda subito Daniela.

– Ho avuto la stessa impressione – risponde Eva. – Ma vi assicuro che io non ero interessata a lui.

– Devi riconoscere però che era un gran bel ragazzo – insiste Sofia.

– Sì, e lui è il primo a saperlo – spiega Eva. – Pensate che mi ha dato il suo telefonino e mi ha detto: «Scrivimi il tuo numero, così ti telefonerò. Oggi è il tuo giorno fortunato». Ma vi rendete conto?

– Che sfacciato… – commenta Sofia.

– Peggio di Donato quando mi corteggiava – aggiunge Lucia.

– E tu cos'hai fatto? – domanda Daniela.

– Ho preso il suo telefonino e ci ho scritto il numero di mio nonno Radek, che non conosce una parola di italiano o inglese… – risponde la dea delle tisane.

– Brava, Eva! – esclama Daniela. – Quel presuntuoso si meritava proprio una lezione.

– Poi gli ho servito una bella tisana con essenze

di biancospino, lavanda, tiglio, melissa, camomilla: l'ideale per rilassare i nervi e i tipi un po' esaltati... – prosegue Eva.

Le tre amiche scoppiano a ridere divertite.

Avrebbero bisogno di una tisana del genere anche le Cipolline, che stanno chiacchierando sulle panchine dell'oratorio Giovanni XXIII.

Domani infatti riparte il campionato. Inizia il girone di ritorno. La tensione cresce.

La vacanza in Spagna è ormai alle spalle. Gli amici che a Barcellona e a Madrid sono tornati a giocare insieme, riprenderanno la rincorsa al titolo regionale con maglie diverse.

Come ricorderai, infatti, la fusione tra Cipolline e Akkademia Blu ha costretto Joao, Ciro, Lara, Pavel, Saverio e Achille a cercarsi una nuova squadra. Accolte dai 10&Lodi, le ex Cipolline hanno trovato difficoltà nella parte iniziale del campionato, ma poi, grazie ad alcuni cambiamenti tattici e all'arrivo di Terry e Billy, la squadra di Lodi ha preso il volo, risalendo piano piano la classifica.

Al termine del girone d'andata la formazione di Joao è a soli due punti dai Cipo-K, terzi a tre lunghezze dai Leoncini di Brescia che guidano il gruppo.

I ragazzi stanno proprio discutendo della classifica.

– Recuperare cinque punti ai Leoncini non sarà facile – riconosce Joao. – Quelli sono fortissimi.

– Sì, ma se domani li battiamo i punti da rimontare diventeranno solo due – precisa Achille.

– È vero, – riconosce il brasiliano – ma vorrei ricordarti come ci hanno asfaltati all'andata...

– E io vorrei ricordarti che noi non siamo più i 10&Lodi della prima giornata – interviene Ciro. – Oggi siamo una squadra molto più forte e infatti abbiamo battuto anche i Cipo-K...

– Solo perché mister Champignon ha voluto dare una lezione ai Kappa tenendo fuori nel primo tempo le Cipolline migliori – precisa Spillo. – Scordatevi di batterci ancora.

– Questo lo vedremo all'ultima giornata – ribatte Lara, con orgoglio.

– Giusto, gemellina – approva Sara. – Intanto, se domani battete i Leoncini ci fate solo un piacere perché, nel caso, noi potremo agganciarli!

– E se i Talenti non vincono, saremo addirittura primi in classifica. Io dico che se passiamo in testa non ci prendono più – esclama Becan. – In Spagna abbiamo ritrovato un super Gatto. Nel girone di ritorno gli avversari non potranno più contare sui suoi errori.

– Ma possiamo sempre contare sui guai che combinerà Loris... – aggiunge Achille.

Joao e gli altri 10&Lodi ridacchiano.

– Purtroppo il rischio c'è... – riconosce Dante.

– Sapete qual è il mio sogno? – chiede Tommi all'improvviso.

– Dicci, capitano – lo esorta Sara.

– Che il campionato si decida proprio all'ultima giornata, sul nostro campo: Cipo-K contro 10&Lodi – spiega Tommi. – Chi vince la partita, vince il titolo regionale. Tutte le Cipolline in campo, anche se con maglie diverse, davanti ai nostri tifosi. Non sarebbe bello?

– Accipolla, io ci metterei subito la firma! – esclama Joao.

– Anch'io... – approva Angelo.

– Anch'io... – commenta Lara.

I ragazzi si scambiano in silenzio sorrisi d'intesa.

– E allora da domani mettiamocela tutta per ritrovarci prima dell'ultima giornata in testa alla classifica. E poi ce la giocheremo tra noi – conclude Tommi. – Buon campionato, Cipolline!

Sì, perché anche se alcuni giocheranno con una Kappa sulla maglia e altri con i colori di Lodi, le Cipolline resteranno per sempre un fiore solo, indivisibile.

Domenica mattina, all'oratorio Giovanni XXIII. Un vento fresco e dispettoso fa correre le nuvole in cielo e le butta in faccia al sole.

I Cipo-K scendono in campo contro il Ticino F.C.

Gaston Champignon sceglie il modulo 4-4-2, lo stesso dei ragazzi di Pavia che all'andata avevano creato molti pericoli sulle fasce laterali, soprattutto con l'ala destra Pedro, il numero 17.

Il cuoco-allenatore dà raccomandazioni precise prima della partita: – Morten, tu giocherai sulla fascia sinistra. Quando non abbiamo il pallone, aiuta Duccio in difesa. In due farete meno fatica a marcare il loro 17, che è molto veloce. Ok? E il consiglio vale per tutti: aiutatevi l'uno con l'altro, giochiamo da fiore! Undici musicisti che suonano benissimo il loro strumento, ma ognuno per conto suo, fanno rumore. Undici suonatori che seguono lo stesso spartito, fanno musica. Ricordatevelo. E ora andiamo a suonare il nostro calcio, ragazzi. Divertitevi!

Questa la formazione dei Cipo-K:

GATTO

SARA ELVIRA NICO DUCCIO

BECAN ANGELO DANTE MORTEN

TOMMI LORIS

L'arbitro fischia l'inizio del gioco. Loris tocca la palla sul dischetto del centrocampo per Tommi, che la passa indietro a Dante. Mentre i due attaccanti corrono verso l'area avversaria, il numero 10 con un lancio preciso raggiunge Morten, che aggancia la palla di tacco, in corsa, scavalca un primo difensore con un sombrero e brucia il secondo con uno scatto secco.

Arrivato alla bandierina, il danese calibra il cross con la scarpa rossa, la sinistra.

Tommi salta per incornare di testa ma si accorge di essere troppo lontano dalla porta, allora schiaccia la palla verso il dischetto del rigore. Loris arriva in corsa e, al volo, la scaraventa sotto la traversa con un destro alla dinamite: Cipo-K-Ticino F.C. 1-0!

E non sono ancora passati venti secondi di gioco…

Lino annota: *La squadra dei sogni è tornata!*

2
LE NUVOLE DI MORTEN

Loris corre a ringraziare Tommi con un "Cipo-ok": – Gran palla, capitano. Mi sa che io, al posto tuo, avrei cercato il gol di testa...

– Ci ho pensato anch'io – confessa sorridendo Tommi. – Ma poi mi sono venute in mente le parole di Champignon. Invece di suonare per conto mio, ho preferito fare un gol d'orchestra...

– Adesso però sono io il capocannoniere della squadra: cinque gol io, quattro tu... – sghignazza Loris, toccandosi il codino sulla nuca.

– Il campionato è ancora lungo – ribatte il capitano. – E poi, se tu segni cinquanta gol e ci fai vincere il titolo, io sono ben contento di fermarmi a quattro.

Gaston Champignon si liscia il baffo destro: – Gran bel gol di squadra. Se Loris ha imparato la lezione del girone d'andata e si mette al servizio dei compagni credo proprio che ci divertiremo, caro Augusto.

– Vorrei crederlo anch'io, – risponde l'autista delle Cipolline – ma prima di esserne sicuro vorrei vedere Loris servire almeno cinque assist come quello che gli ha appena servito Tommi…

Molti sono andati ad abbracciare Morten, protagonista della discesa travolgente che ha portato al gol del vantaggio.

Il biondo danese oggi è letteralmente scatenato.

Un gol da vero artista del pallone.

I bonghi di Karim e Aida, i genitori di Diouff, esplodono di gioia. L'applauso della tribuna non finisce più. L'ala sinistra danese se lo merita tutto. E pochi minuti dopo, se ne merita un altro...

Punizione dal limite dell'area.

Morten si mette accanto al pallone, pronto a toccarlo per il destro potente di Angelo che prende la rincorsa. Invece, appena l'arbitro fischia, con un calcio a cucchiaio il danese manda la palla oltre la barriera dove accorre Tommi, che stoppa di destro e di sinistro mette in rete: 3-0!

– *Superbe!* – esulta Champignon in panchina, sollevando il mestolo di legno. – Schema perfetto!

– Un gol e due assist, accipolla, Morten sembra Messi... – commenta Rafa ammirato.

I tifosi dei Cipo-K esplodono nuovamente di gioia.

Donato prende le ossa delle mani dello scheletro e le sbatte una contro l'altra: – Dai, Aiuto, applaudi! In fondo siete quasi parenti: lui Morten, tu morto... Viva Morten!

Sofia, Eva e Daniela scoppiano a ridere di gusto, mentre Lucia si copre la faccia con le mani per la vergogna...

Subito il terzo gol, l'allenatore del Ticino F.C. riesce finalmente a trovare una buona mossa: arretra uno dei due attaccanti sulla linea dei centrocampisti, che così diventano cinque. Due dei cinque aiutano il loro terzino nella marcatura di Morten, che ora si trova ingabbiato da tre avversari. La partita si fa più equilibrata, anche perché dopo la partenza a razzo i ragazzi di Champignon stanno tirando un po' il fiato.

Crescono così i pericoli per la porta del Gatto e il temuto Pedro si fa sempre più minaccioso sulla fascia destra.

Gaston Champignon se ne accorge e comincia a mandare suggerimenti dalla panchina: – Morten, aiuta Duccio! Torna in difesa! Morten…

Per quanto veloce, Duccio fatica a contenere gli scatti del più agile Pedro.

Duccio, furibondo, raggiunge di corsa Morten che è ancora fermo a centrocampo a testa in su: – Perché non sei tornato in difesa ad aiutarmi? Non hai sentito il mister?

– Hai ragione... – si scusa il danese. – Mi sono distratto. Colpa mia. Mi spiace...

Dante interviene per riportare la calma: – Tranquilli ragazzi, non è successo niente. Abbiamo ancora due gol di vantaggio. Morten, prova a scambiarti la fascia con Becan. Spostati a destra, magari da quella parte ti marcano di meno.

Infatti, poco prima della fine del primo tempo, il danese riesce finalmente a liberarsi e a scattare sulla fascia. Si ferma con la suola sulla palla e solleva di nuovo lo sguardo verso il cielo con un mezzo sorriso. Il terzino questa volta non ci casca e gli soffia il pallone. Presi in contropiede, i Cipo-K non riescono a fermare l'azione che Pedro conclude in rete con un destro imparabile: 3-2!

La partita si è clamorosamente riaperta.

L'arbitro fischia la fine del primo tempo.

I tifosi arrivati da Pavia ritrovano entusiasmo, quelli di casa commentano sbigottiti i due gol incassati.

Donato fissa il teschio di Aiuto: – Si può sapere che cosa gli è preso al tuo amico Morten?

È più o meno la stessa domanda che Loris urla in faccia a Morten in spogliatoio...

Il povero danese, messo all'angolo dal codino e da Duccio, continua a chiedere scusa e a giustificarsi, finché arriva Gaston Champignon che riporta il silenzio sollevando il mestolo: – Quante volte vi ho detto che non ammetto litigi in spogliatoio? Abbiamo giocato un ottimo primo tempo e commesso qualche errore. Ma senza errori le partite terminerebbero tutte 0-0 e sarebbero una noia mortale.

– Sì, ma senza Morten saremmo 3-0! – sbotta Duccio.

– Ti sbagli – ribatte Tommi. – Saremmo 0-0, perché i tre gol li ha costruiti tutti lui.

– Giusto! – approva Sara.

Gaston Champignon solleva nuovamente il mestolo: – Silenzio! Discorso chiuso. Ora pensiamo al secondo tempo. Si fermano Loris e Tommi. In attacco entrano Rafa e Diouff. Tamara e Bruno sostituiscono Angelo e Dante, mentre Vlado dà il cambio a Elvira. Gli altri entrano dopo.

Morten alza la mano: – Mister, esco anch'io...

– No, tu giochi ancora – decide Champignon.

– Mister, – insiste il danese – posso parlarle un attimo da solo?

Il cuoco-allenatore segue l'ala sinistra fuori dallo spogliatoio.

– Lo sa, mister, che io ho una passione particolare per le nuvole? – chiede Morten.

– Sì, me l'hanno raccontato – risponde Champignon.

– Quelle di oggi sono magnifiche, mister – spiega il danese a testa in su. – Le vede come corrono veloci e come cambiano forma in fretta? A me piace seguirle e riconoscere gli oggetti che creano. Guardi quella nuvola! Non sembra una testa di cavallo?

– È vero – concorda il cuoco-allenatore. – Che tipo di nuvole sono?

– Si chiamano nembostrati, – spiega Morten – nuvole basse, le mie preferite. Viaggiano sotto i duemila metri, sono quelle che portano la pioggia. I due gol che abbiamo preso nel primo tempo sono colpa loro... Mi sono distratto per seguirle. Erano troppo belle.

– E hai paura che possano piovere altri gol del genere nel secondo tempo... – cerca di indovinare Champignon.

– Esatto, mister – conferma il danese. – Se lei mi lascia in panchina, io faccio tifo per i miei compagni e intanto sbircio il cielo senza fare danni.

– D'accordo, Morten. Non impedirò mai a un

ragazzo di osservare il cielo – sorride il cuoco-allenatore. – Dal cielo c'è solo da imparare. E poi oggi hai già fatto abbastanza per la tua squadra...

– Grazie, mister – sorride il biondo danese.

Nella ripresa, grazie alle forze fresche di Tamara e Bruno, i Cipo-K recuperano il possesso del centrocampo e controllano la partita. Il Ticino F.C. tenta il tutto per tutto nel finale, ma viene infilzato in contropiede dalla velocità di Diouff che segna il 4-2 e serve a Rafa la palla per il definitivo 5-2.

Al fischio finale, Morten in panchina chiede a Spillo: – Cosa ti ricorda quella nuvola?

– Una meringa – risponde il portierone.

I Cipo-K lasciano il campo tra gli applausi.

Mentre si stanno incamminando verso gli spogliatoi, vengono intercettati da alcune voci conosciute. Sono Joao e le altre ex Cipolline, appena rientrate da Lodi.

Tommi e compagni li raggiungono di corsa.

– E allora? – chiede subito Sara.

– Ringraziami pure, gemellina – risponde Lara. – Abbiamo domato i Leoncini di Brescia!

– Un gol io, uno Ciro – informa fiero Joao. – 2-1 per noi!

I Cipo-K si guardano e urlano in coro: – Abbiamo agganciato i Leoncini!

Il *GiornaLino* appeso il giorno dopo in bacheca completa la festa: i Talenti di Sotto il Monte hanno perso a sorpresa in casa dei Fiocchi di Bormio, ultimi in classifica, e sono stati scavalcati dai Cipo-K, che tornano così in testa al campionato.

Il titolone scelto da Lino è molto suggestivo: *MORTEN TRASCINA I CIPO-K TRA LE NUVOLE.*

1ª GIORNATA DI RITORNO	
FIOCCHI (SO) - TALENTI (BG)	1 - 0
10&LODI (LO) - LEONCINI (BS)	2 - 1
ATL. MIAO (MN) - DIN. BRIANZA (LC)	3 - 3
CIPO-K (MI) - TICINO F.C. (PV)	5 - 2

CLASSIFICA	
LEONCINI	14
CIPO-K	**14**
TALENTI	12
10&LODI	12
ATL. MIAO	11
DIN. BRIANZA	10
FIOCCHI	6
TICINO F.C.	5

PROSSIMO TURNO
DINAMO BRIANZA (LC) - **CIPO-K (MI)**
LEONCINI (BS) - FIOCCHI (SO)
TICINO F.C. (PV) - 10&LODI (LO)
TALENTI (BG) - ATLETICO MIAO (MN)

MARCATORI CIPO-K	
TOMMI	6
LORIS	5
RAFA	3
DIOUFF	2
NICO, ANGELO, SARA, DANTE, MORTEN	1

La classifica fa sorridere anche i ragazzi dei 10&Lodi, risaliti al terzo posto a soli due punti dalla coppia di testa.

Joao non staccherebbe più gli occhi dalla bacheca.

– Non mi sembra vero... – ripete l'ala sinistra. – Se penso che dopo le prime due giornate di campionato eravamo sprofondati all'ultimo posto con zero punti, mi sembra un miracolo.

– Lo vedi, capitano? – chiede Lara. – Il tuo sogno si sta realizzando: voi primi, noi dietro a due punti. All'ultima giornata ci giocheremo il titolo...

– È ancora presto per dirlo – frena Tommi. – Mancano cinque partite prima del nostro derby. E non credo che Leoncini e Talenti siano disposti a lasciarci volar via...

– Avete visto quel tipo sul campetto? – chiede di colpo Ciro.

Tutti si voltano e osservano un ragazzino della loro età, robusto come Achille e Bruno, dai riccioli biondi e un polsino di cuoio al braccio destro.

Ha allineato cinque palloni da football americano accanto al dischetto del rigore.

Prende il primo e con una sbracciata potente lo lancia contro la traversa. Stessa cosa con gli altri

quattro. Cinque tentativi, cinque volte centrata in pieno la traversa.

I Cipo-K si guardano.

– Qualcuno di voi lo conosce? – chiede Dante.

Nessuno risponde sì.

– Vado a conoscerlo io – decide Spillo.

3
RISULTATO A OCCHIALI

– Complimenti per la mira – si congratula Spillo. – E per la forza...

– Un grande quarterback deve essere preciso e potente. E io lo sono – spiega il biondino che sta recuperando i suoi cinque palloni ovali.

– Giochi a football americano? – chiede il portiere.

– Giocavo. Ora che mi sono trasferito a Milano devo ancora trovare una squadra – risponde il lanciatore. – E non è facile. Qui giocano tutti a calcio...

– Non ti piace il calcio?

– No, è uno sport da femminucce. Appena dai una piccola spinta, l'arbitro fischia subito il fallo – spiega il ragazzo. – Che gusto c'è se non puoi saltare addosso al tuo avversario e trascinarlo a terra?

– Io che sono un portiere trovo gusto a saltare addosso al pallone, per esempio – risponde Spillo. – I miei compagni trovano gusto a dribblare, crossare, colpire di testa, calciare di piede... E poi noi abbiamo un mister che inventa sempre giochi divertenti. Sono sicuro che se vieni ad allenarti una volta con noi cambierai idea sul calcio.

– Non credo proprio – insiste il lanciatore. – Io mi diverto a rincorrere un avversario che fugge con la palla in braccio, a tuffarmi per afferrargli le gambe e farlo rotolare a terra. Mi sa che nel calcio non è possibile.

– È vero – ammette Spillo. – Però puoi rincorrere un avversario che ha la palla al piede, lanciarti in scivolata e portargli via il pallone.

– Facciamo così – propone il biondino. – Ora ti metti in porta. Se riesci a evitare anche solo uno dei miei lanci, verrò ad allenarmi con voi.

– Se invece riesci a colpirmi cinque volte, hai vinto tu la sfida – conclude Spillo.

– Esatto – conferma il lanciatore, che allinea di nuovo i palloni ovali accanto al dischetto del rigore.

Il portiere si prepara sulla linea di porta come se dovesse parare un rigore. In realtà questa volta deve "non pararlo". Cercherà di intuire da che parte arriverà la palla ovale per gettarsi da quella opposta.

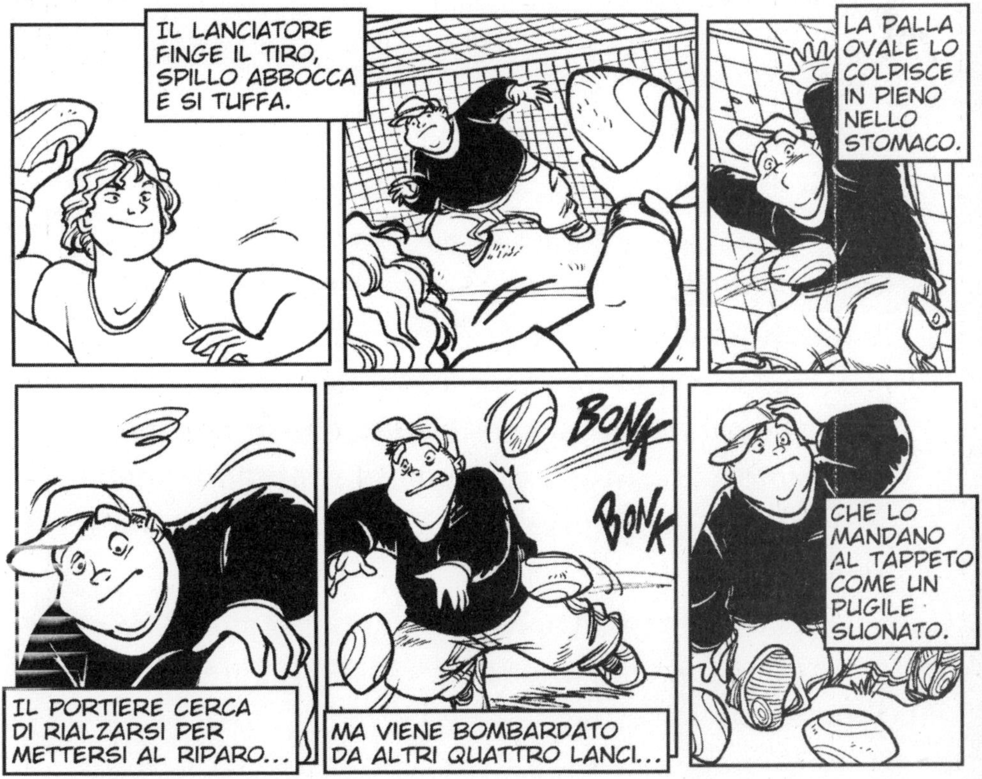

Loris, Duccio e Vlado, che hanno seguito la scena, scoppiano a ridere di gusto.

– Spillo, sembravi l'orso del tiro a segno! – esclama il codino.

– Possiamo giocare anche noi? – chiede Vlado. – Quanto costa? Cinque tiri tre euro?

– Cosa si vince? Una bambolina? – domanda Duccio.

I tre ex Kappa continuano a ridere e non riescono più a fermarsi.

Spillo non ha neppure la forza di ribattere. Ha la

sensazione che gli sia rotolata addosso una catasta di legna... Sente dolore dappertutto.

Il lanciatore recupera le sue cinque palle ovali, le infila in una rete e, prima di allontanarsi, saluta il portiere che è ancora seduto a terra: – Peccato, hai perso la sfida. A proposito, io mi chiamo Roger. Ciao.

Tommi e Dante aiutano Spillo a rialzarsi.

– Simpatico il tuo nuovo amico... – commenta il capitano.

– Amico? Spero di non incontrarlo mai più! – esclama Spillo massaggiandosi la schiena dolorante.

A metà settimana, il quartiere si sveglia tappezzato di K...

Manifesti neri con una K d'oro nel mezzo sono stati appesi un po' dappertutto. Uno striscione nero con la scritta: *VUOI ESSERE KOMBATTIVO?* legato a due lampioni attraversa via Pitteri. Perfino sulla fiancata dell'autobus numero 54 guidata da Donato ci sono pannelli con la misteriosa K d'oro su sfondo nero.

Giovedì pomeriggio delle ragazze in tuta nera, su pattini a rotelle, entrano in oratorio e distribuiscono cartoline con la solita domanda stampata sopra: *VUOI ESSERE KOMBATTIVO? VUOI ESSERE KOMBATTIVA?*

– Che cosa significa questa storia? – chiede Becan rigirandosi tra le mani la cartolina.

– Di sicuro ha a che fare con il nuovo locale che stanno aprendo accanto al *Petali in pentola* – risponde Dante. – Avete visto il nuovo telo che da qualche giorno copre l'ingresso? È nero con una K d'oro.

– Per me è una discoteca molto esclusiva, – sospetta Joao – di quelle frequentate anche dai calciatori.

– Tra poco lo scopriremo, i lavori sembrano quasi finiti – osserva Elvira. – E se ora lanciano la pubblicità, vuol dire che presto faranno l'inaugurazione.

– Speriamo molto presto, almeno poi toglieranno tutte queste K dal quartiere – commenta Spillo grattandosi le braccia. – Sono allergico a quella lettera. Solo a vederla, mi viene l'orticaria...

– Le K e i Kappa fanno lo stesso effetto anche a me – concorda Sara, che finge di avere prurito in faccia e sul collo.

Tutte le Cipolline, tranne Tommi, cominciano a grattarsi ridacchiando.

– A me invece piace un sacco quella lettera – ribatte Loris. – E trovo che stiano proprio bene questi manifesti. Almeno ora tutti sanno che questo è il quartiere dei Kappa e non delle Cipollastre...

Duccio e Vlado sghignazzano e scambiano un cinque con il codino.

– Se qualcuno se lo fosse dimenticato, ricordo che oggi siamo tutti Cipo-K e che vestiamo la stessa maglia – interviene Tommi. – Se vogliamo restare in testa alla classifica, domenica a Merate dovremo essere molto... combattivi.

– Giusto, capitano – approva Dante. – Ma combattivi con la C!

– No, kombattivi con la K! – rilancia Loris.

Domenica mattina sulla Cipo-line.

– Lo sapete che a Merate c'è un osservatorio famoso? Ha un telescopio enorme, con una lente potentissima che scruta le stelle. Un tempo era il più grande osservatorio d'Italia – racconta Morten. – Io l'ho visitato con la mia classe.

– Sì, insomma, abbiamo capito che anche oggi passerai la partita a testa in su... – commenta Loris.

– No, tranquillo – lo rassicura il danese. – Di giorno le stelle non si vedono e le nuvole di oggi non mi sono simpatiche. Sono cirri, stanno troppo in alto. Hanno la puzza sotto il naso.

– Cosa sono i cirri? – chiede Dante.

– Sono quei sottili fili bianchi che sembrano zucchero filato – spiega Morten. – Raggiungono anche i quattordicimila metri di altezza.

– Le nuvole sono piene d'acqua? – domanda il numero 10.

– Quelle più alte, le più fredde, sono composte da cristalli di ghiaccio, – risponde il danese – mentre quelle più basse, le mie preferite, sono formate da miliardi di goccioline d'acqua.

Spillo, seduto accanto, ascolta e dondola la testa sconsolato: – Non c'è niente da fare, è più forte di lui. Il cervellone riesce a inventarsi una lezione anche sulla Cipo-line...

Ecco il campo sportivo di Merate: ha i muri di recinzione dipinti di giallo e di blu, i colori della maglia della Dinamo Brianza.

Gaston Champignon annuncia la formazione: – Come nostra regola, oggi parte titolare chi non lo era domenica scorsa. Lo sapete: noi non abbiamo riserve, solo titolari che giocano o prima o dopo. Adotteremo lo schema 4-2-3-1 che ci aiuterà a controllare meglio il loro giocatore più forte.

– Il capitano numero 10 – interviene Becan.

– Esatto – prosegue il cuoco-allenatore. – Ve lo ricordate?

– Certo, ci ha segnato due gol all'andata... – risponde Sara. – Si chiama Pietro, se non sbaglio. Ha un gran dribbling e un bel sinistro.

– Proprio così – concorda Champignon. – Pietro ispira tutte le manovre d'attacco alle spalle delle punte, perciò ho schierato Tamara e Bruno davanti alla nostra difesa con il compito di tenerlo d'occhio. Lo schema ci consente di avere un solo centravanti: comincia Tommi, poi entrerà Loris. Tutto chiaro? Domande?

Sembra tutto chiaro. A parte la faccia di Loris che è abbastanza scura... Come sempre, quando gli tocca la panchina.

SPILLO

SARA VLADO ELVIRA IGOR

TAMARA BRUNO

ANGELO RAFA DIOUFF

TOMMI

La ricetta di Champignon, ancora una volta, è quella buona.

Segui il numero 10 dei gialloblu...

Pietro riceve un passaggio del numero 4 e cerca di servire il suo centravanti, che scatta in area chiamando la palla. Deve però liberarsi di Tamara per effettuare il lancio. Scarta l'ex Kappa, ma si allunga la palla e Bruno interviene portandogliela via.

Il doppio scoglio davanti alla difesa funziona alla grande. Senza le invenzioni del suo capitano, la Dinamo fatica a creare palle-gol e Spillo trascorre un primo tempo sereno.

Neppure il collega di Merate in realtà deve dannarsi l'anima, perché gli attaccanti dei Cipo-K ricevono pochi passaggi e i difensori di casa sono molto tosti, soprattutto il numero 3 che è più lento di Diouff e, quando non riesce a fermarlo con le buone, si arrangia come può...

Al terzo fallo consecutivo, l'ex Leone d'Africa, che ha sempre la battuta pronta, chiede al difensore: – Scusa, toglimi una curiosità: ma il tuo paese si chiama Merate o... Menate? Mi stai menando dall'inizio della partita!

Scoppia a ridere anche l'arbitro, che ha fischiato la punizione: – In effetti al prossimo fallo sarò costretto ad ammonirti.

Il numero 3 della Dinamo chiede scusa e, con molto fair play, tende la mano a Diouff per aiutarlo a rialzarsi.

L'azione più pericolosa la crea Tommi che parte in dribbling da sinistra, si accentra e spara un destro a fil di palo. Un'iniziativa personale: ai Cipo-K nel primo tempo è mancato proprio il gioco di squadra.

Nel complesso finora la partita ha riservato poche emozioni. L'episodio più divertente è merito dell'arbitro proprio all'ultimo secondo…

– Un bel guaio... – commenta il direttore di gara, massaggiandosi il naso colpito dalla pallonata. – Senza gli occhiali, non riuscirei a distinguere un topo da un ippopotamo.

L'arbitro decreta la fine del primo tempo, che si conclude quindi sullo 0-0.

Sai come viene definito lo 0-0? Risultato a occhiali, perché i due zeri assomigliano a due lenti. In questo caso, visto l'incidente all'arbitro, l'immagine calza a pennello: risultato a occhiali...

4
SORPASSO!

– Bene, ragazzi, stiamo giocando una buona partita – si complimenta Gaston Champignon in spogliatoio.

– Buona per il loro portiere che ha avuto tempo di leggersi un giornaletto... – contesta Loris. – Non gli abbiamo fatto neppure un tiro in porta!

– Però neanche loro sono stati pericolosi – ribatte Tamara. – Li abbiamo controllati bene. Una partita non si giudica solo dai tiri in porta.

– Ok, ma senza tiri in porta non si fanno gol e senza gol non si vince – insiste il codino. – Se vogliamo lo scudetto regionale, qui dobbiamo vincere a tutti i costi!

– Calma, ragazzi – interviene subito il cuoco-allenatore. – Tamara ha ragione, abbiamo fatto una buona partita difensiva, ma ha ragione anche Loris: nel secondo tempo cercheremo di essere più incisivi in attacco. Ci è mancato l'ultimo passaggio.

Con l'ingresso di Dante, specialista in assist, e con un centravanti in più, Loris, sono sicuro che le cose miglioreranno.

Nella ripresa i Cipo-K giocheranno con questa formazione, disposta con il modulo 4-3-1-2:

SPILLO

BECAN NICO DUCCIO IGOR

RAFA ANGELO BRUNO

DANTE

TOMMI LORIS

Mentre le squadre riposano in spogliatoio, l'arbitro si avvicina alla tribuna per chiedere aiuto: – Gentili signori, io non ci vedo più niente, ma il secondo tempo non lo vedrete neanche voi se qualcuno non mi presta un paio di occhiali da vista…

– Quante diottrie le mancano, signor arbitro? – chiede Elvis. – Provi i miei.

Il papà di Becan passa gli occhiali al direttore di gara,

che se li mette sul naso, ma scuote la testa: – Troppo deboli. Mi servono lenti più potenti.

Gli spettatori con gli occhiali si mettono in fila. Alla fine, dopo una serie di prove, l'arbitro trova quelli più adatti e la partita può ricominciare.

La nuova formazione dei Cipo-K è molto sbilanciata in avanti: Becan, solitamente ala destra, spinge in posizione di terzino; Rafa sta a centrocampo, ma è un attaccante.

La squadra di Champignon gioca di fatto con tre punte e un fantasista offensivo come Dante.

Il portiere della Dinamo Brianza difficilmente riuscirà a leggere giornaletti... Infatti i pericoli per la sua porta cominciano presto.

Angelo lancia sulla fascia destra Becan, che arriva come un razzo dalla difesa e salta il numero 14 dei gialloblu con la sua celebre finta "stop and go".

Sul cross dell'albanese Rafa calcia in mezza rovesciata, ma colpisce il palo.

Ci riprova Dante con un magico passaggio filtrante. Tommi si ritrova libero davanti al portiere.

Decide di scavalcarlo con un colpo a cucchiaio, ma il pallonetto rimbalza sulla traversa e si perde sul fondo.

Un'altra ovazione di delusione sfuma in tribuna: – Nooo...

– Quella porta è stregata! – esclama Karim, tirando una gran manata sul bongo africano.

A sorpresa, la Dinamo Brianza riesce a spezzare l'assedio e a partire in contropiede. Questo è il rischio di una squadra tanto offensiva: farsi sorprendere sbilanciata...

Senza la gabbia di Tamara e Bruno, Pietro è libero di avanzare e serve un ottimo pallone al numero 9, che avanza solo verso la porta dei Cipo-K.

I tifosi di Merate si alzano in piedi, pronti a festeggiare il gol. Nessun difensore è in grado di raggiungere l'attaccante, che solleva lo sguardo per controllare la posizione del portiere.

Spillo esce dai pali e si tuffa.

La cannonata del centravanti lo colpisce a un fianco e si perde in angolo.

– Mitico, Spillo! – esulta il Gatto in panchina.

– Mitico un tubo... – si lamenta il portierone rialzandosi dolorante con una mano sul fianco. – Qui mi prendono tutti per l'orso del luna-park...

Sull'azione successiva, i Cipo-K fanno gol ma l'arbitro non se ne accorge...

L'AZIONE PARTE CON UNA CAVALCATA DI IGOR CHE SERVE DANTE.
IL NUMERO 10 FINGE DI LANCIARE TOMMI...
INVECE FA PARTIRE UN ALTRO PASSAGGIO CHE LIBERA LORIS DAVANTI AL PORTIERE.
IL CODINO CALCIA AL VOLO...
POM
IL NUMERO 1 DELLA DINAMO INTERCETTA...
PAFF
ROLL ROLL
MA LA PALLA ROTOLA VERSO IL GOL.
IL NUMERO 5 INTERVIENE E LA CALCIA LONTANO QUANDO ORMAI HA SUPERATO LA STRISCIA DI GESSO.

– Goool! – esulta Loris, correndo verso la tribuna.

Ma l'arbitro non ha fischiato e con ampi gesti fa segno di proseguire il gioco.

– Era gol, arbitro! L'ha visto anche lo scheletro Aiuto che non ha gli occhi! – urla Donato.

In tribuna si accendono le discussioni.

Loris insegue l'arbitro e gli si aggrappa alla giacchetta: – La palla è entrata di mezzo metro, signor arbitro! È gol! È gol!

Il direttore di gara cerca di liberarsi, come farebbe con un cane che gli ha azzannato i calzoni: – Lasciami andare! Gioca! Non era gol! Lasciami...

Il codino non molla e l'arbitro è costretto a interrompere il gioco per ammonirlo: – In campo decide solo l'arbitro, capito? Per me la palla non ha superato completamente la linea, quindi non è gol!

– Ma l'abbiamo visto tutti! – insiste Loris. – Forse è colpa degli occhiali rotti...

– Non prendermi in giro o ti caccio fuori! – esclama l'arbitro risentito. – Con gli occhiali che mi hanno prestato ci vedo benissimo!

– Mi sa che doveva farsi prestare la lente dell'osservatorio di Merate... – commenta a bassa voce il codino.

L'arbitro, che ha l'udito molto più affidabile della vista, lo sente ed estrae il cartellino rosso: – Questo è troppo, vai fuori!

I Cipo-K giocheranno così in dieci l'ultimo quarto d'ora della partita.

Prima della ripresa del gioco, Tommi si avvicina all'arbitro e lo convince a seguirlo.

Lino, appostato dietro la porta della Dinamo, ha scattato le foto da pubblicare sul *GiornaLino*. Sulla sua macchina digitale è impressa l'immagine del pallone calciato da Loris che ha superato la linea di porta.

– Lo vede, signor arbitro? – chiede il capitano. – C'è la prova: era gol.

Il direttore osserva l'immagine, si gratta i capelli e conclude: – Forse era gol, ma nel calcio non è stata ancora introdotta la moviola in campo, quindi io non devo tenere conto di questa foto. Devo giudicare ciò che ho visto con i miei occhi, che potranno essere malandati, ma sono senza dubbio onesti. Per i miei occhi non era gol. Forza, riprendiamo il gioco!

I Cipo-K, con un giocatore in meno e tanti attaccanti, tentano il tutto per tutto.

Il portiere della Dinamo compie due veri miracoli su un colpo di testa di Tommi e su una sventola di sinistro di Morten, ma all'ultimo minuto la squadra di Champignon viene infilata da un altro fulmineo contropiede.

Questa volta va al tiro Pietro e il suo micidiale sinistro non perdona.

È il risultato finale: Dinamo Brianza-Cipo-K 1-0.

Mercoledì pomeriggio, al *Paradiso di Gaston*.

– Guardate, è tornato l'attore del cinema! – avvisa Daniela.

Sofia e Lucia osservano Adam, che si avvicina al bancone della tisaneria con il solito sorriso a trentadue denti da spot del dentifricio.

– Ciao Eva, – saluta il ragazzo muscoloso – come stai? Ho provato a chiamarti l'altro giorno, lo sai? Ma rispondeva sempre un tipo che diceva cose senza senso...

– Mio nonno Radek dice sempre cose sensate, – precisa la dea delle tisane – solo che le dice nella lingua della Repubblica Ceca, che tu non conosci.

Daniela, Sofia e Lucia ridacchiano sottovoce.

– Capisco... – commenta Adam. – Hai voluto punirmi per i miei modi da sbruffone. Me lo sono meritato. Per farmi perdonare ti lascio questo invito per due persone alla presentazione del locale più esclusivo di Milano. Hai mai sentito parlare della *KombAttiva*?

– E chi non ne ha sentito parlare? – domanda Eva. – C'è tutto il quartiere tappezzato di K... Ma tu cosa c'entri?

– C'entro perché il locale è mio – risponde con orgoglio il ragazzone biondo.

– Il locale qui accanto con la porta nera?

– Esatto, sarà la palestra più rivoluzionaria della città! Perché io non alleno solo i muscoli, ma anche le anime – esclama Adam, che poi raggiunge il tavolo delle tre amiche per distribuire altre cartoline d'invito.

– Aspetto anche voi alla festa d'inaugurazione, bellissime signore – annuncia il ragazzo. – E spero di avervi presto mie clienti. La *KombAttiva* vi aiuterà a restare splendenti come siete! Ma solo se siete abbastanza kattive e kombAttive. Da noi i troppo buoni non possono entrare. Voi siete abbastanza kattive?

– Prova a farmi girare le scatole e lo scoprirai da solo, ragazzo – risponde Sofia con espressione da dura.

– Perfetto! Così vi voglio! – esclama entusiasta Adam. – Voi siete le clienti ideali della *KombAttiva*! Vi farò uno sconto speciale. Vi aspetto! A presto...

Appena il ragazzone esce dalla tisaneria, le tre amiche scoppiano a ridere.

– Brava, Sofia! – commenta Lucia. – L'hai trattato come si deve...

– Però, in fondo, è meno antipatico di quanto sembrasse la prima volta – osserva Daniela. – Cosa ne dici, Eva?

– Dico che la mia tisana rilassante non ha fatto effetto su quel tipo... – risponde la ragazza ceca.

Seduto su una panchina dell'oratorio Giovanni XXIII, con una rivista di enigmistica in mano, Ciro chiede pensieroso: – Si effettua quando si mette la freccia. Parola di otto lettere...

– Sorpasso! – esclamano in coro Joao, Lara e Achille, che poi scoppiano a ridere e si scambiano un "dieci", il loro tipico saluto a due mani.

Sara invece sbuffa insofferente: – Non li sopporto più questi 10&Lodi...

Da tutta la settimana, cioè da quando li hanno scavalcati in classifica, Joao e compagni martellano i Cipo-K con la parola "sorpasso". Vincendo a Pavia, in casa del Ticino F.C., i 10&Lodi sono balzati al secondo posto, a due punti dai Leoncini di Brescia.

2ª GIORNATA DI RITORNO	
DIN. BRIANZA (LC) - **CIPO-K (MI)**	1 - 0
LEONCINI (BS) - FIOCCHI (SO)	6 - 1
TICINO F.C. (PV) - 10&LODI (LO)	1 - 2
TALENTI (BG) - ATL. MIAO (MN)	3 - 3

CLASSIFICA	
LEONCINI	17
10&LODI	15
CIPO-K	**14**
TALENTI	13
DIN. BRIANZA	13
ATL. MIAO	12
FIOCCHI	6
TICINO F.C.	5

PROSSIMO TURNO
10&LODI (LO) - DINAMO BRIANZA (LC)
ATLETICO MIAO (MN) - LEONCINI (BS)
CIPO-K (MI) - TALENTI (BG)
FIOCCHI (SO) - TICINO F.C. (PV)

MARCATORI CIPO-K	
TOMMI	6
LORIS	5
RAFA	3
DIOUFF	2
NICO, ANGELO, SARA, DANTE, MORTEN	1

La parola *SORPASSO!* appare a grandi lettere anche sul *GiornaLino*, seguita da un punto esclamativo. Sotto il titolone, Lino ha stampato la foto del gol di Loris non convalidato dall'arbitro.

Più osserva la palla oltre la linea di porta, più il codino non riesce a darsi pace: – Tutta colpa dell'arbitro se abbiamo perso e i 10&Lodi ci hanno scavalcato...

– Anche colpa tua – lo corregge Sara. – Se non ti fossi fatto cacciare saremmo rimasti in undici e avremmo potuto vincere ugualmente.

– Ti ricordo che l'unico gol della partita, anche se non visto, l'ho segnato io – ribatte il codino. – E che senza di me in campo avete perso.

– Giocheremo senza di te anche le prossime due partite, visto che ti hanno dato due giornate di squalifica – precisa Dante. – E saranno le partite che decideranno il nostro campionato: contro i Talenti che ci hanno fermato all'andata e contro i Leoncini che guidano il campionato. Bravo, bel modo di aiutare la squadra…

– Voglio proprio vedere come ve la caverete senza di me – conclude Loris, che poi si allontana senza salutare.

– Meno male che alla fine del girone di andata aveva promesso di fare gruppo e non creare polemiche… – commenta Tommi.

Ciro torna nuovamente pensieroso: – Lo fa Issa quando supera in curva. Parola di otto lettere.

– Sorpasso! – esclamano in coro Joao, Lara e Achille.

Sara scuote la testa sconsolata: – Non li sopporto più…

5
CI PENSA DIOUFF

Domenica mattina, all'oratorio Giovanni XXIII.

Nello spogliatoio dei Cipo-K regna il silenzio delle partite importanti. Tommi e compagni sanno benissimo che oggi non possono sbagliare contro i Talenti di Sotto il Monte. Perdere e rischiare di ritrovarsi a sei punti dai Leoncini, con solo cinque partite da disputare, vorrebbe dire addio anticipato allo scudetto regionale.

Meno male che ci pensa don Callisto a spezzare la tensione. Entra in spogliatoio con un mazzo di fiori bianchi e un gagliardetto con il simbolo dei Cipo-K e si rivolge a Tommi: – Consegnali al capitano dei Talenti prima dell'inizio della partita. È il nostro benvenuto. In fondo, è come se fossero nostri cugini, no? Loro vengono dal paese natale di papa Giovanni e il nostro oratorio porta il nome del Papa buono. All'andata furono molto ospitali con noi, mi sembra giusto ricambiare.

– Giustissimo. Un bella idea, don – commenta Gaston Champignon. – E poi con i fiori non si sbaglia mai.

– Cosa c'entrano i pomodori? – domanda don Callisto che, come sai, ha spesso problemi di udito.

– Non ho detto «pomodori», don, ho detto «con i fiori» – spiega il cuoco-allenatore. – I fiori da regalare in campo.

– Ma no, non sono da portare al camposanto! – esclama il parroco. – I fiori sono per i Talenti!

I Cipo-K ridacchiano sottovoce per gli equivoci del don, che poi augura in bocca al lupo alla squadra e lascia lo spogliatoio. La sua visita, se non altro, è servita a rilassare i nervi tesi dei ragazzi.

Gaston Champignon annuncia la formazione e lo schema scelto: 3-4-3.

GATTO

SARA NICO ELVIRA

BECAN ANGELO BRUNO DUCCIO

DIOUFF TOMMI RAFA

– Come ricorderete dalla partita dell'andata, i Talenti sono molto forti fisicamente – spiega Champignon – e giocano con cinque centrocampisti. Lì sta la loro forza. Per questo schiero all'inizio i nostri mediani più robusti: Angelo, Bruno, con l'aggiunta di Becan e Duccio.

– Ma a centrocampo siamo comunque uno in meno: cinque contro quattro – fa notare Bruno.

– Infatti, a turno, quando non abbiamo il pallone uno dei tre attaccanti dovrà arretrare – risponde il cuoco-allenatore. – Così saremo cinque contro cinque. E quando riconquistiamo la palla, cerchiamo di lanciare gli attaccanti più rapidamente che possiamo. I Talenti sono grandi e grossi, ma, proprio per questo, non velocissimi a recuperare le posizioni. Se li sorprendiamo sbilanciati, Diouff, la nostra freccia, potrà trovare gli spazi per andare a segno.

Ancora una volta l'intuizione di Champignon si rivela esatta: è proprio l'ex Leone d'Africa l'uomo decisivo. I Cipo-K iniziano la partita molto prudenti, sembrano soffrire gli attacchi dei bergamaschi, ma è una mossa per attirarli in trappola.

Al primo contropiede, la freccia Diouff fa centro.

– *Superbe!* – applaude Champignon agitando il mestolo e scambiando un gioioso "Cipo-ok" con Augusto.

Il gol spiana l'incontro e scioglie la tensione dei Cipo-K che segnano altre due volte prima dell'intervallo ancora grazie a Diouff, che prima pennella sulla testa di Tommi l'assist del 2-0, poi colpisce in pieno la traversa con un bolide dal limite che Rafa raccoglie e mette in rete.

I Talenti riescono solo ad accorciare le distanze nella ripresa: 3-1 il risultato finale.

Sportivamente i ragazzi di Sotto il Monte vanno a complimentarsi con Diouff, eroe del giorno.

L'ex Leone d'Africa ringrazia e spiega alla sua maniera: – Voi Ta... lenti, io ta... veloce!

Tommi scuote la testa rassegnato: – Diouff, sei l'unico che riesce a fare battute peggiori di quelle di mio papà...

I tifosi dei Cipo-K applaudono la bella reazione della squadra di casa dopo lo scivolone di Merate. Applaude anche Loris, ma senza troppo entusiasmo...

Il codino, Egle e Lino ricevono l'invito alla serata inaugurale della palestra *KombAttiva*. A distribuire le cartoline in tribuna è un ragazzo che già conosci: ha i capelli biondi e ricci, un polsino di cuoio e si chiama Roger.

La bella prova d'orgoglio non basta però per guadagnare la prima pagina del *GiornaLino*, dedicata ancora una volta ai sorprendenti 10&Lodi. Il titolone annuncia infatti: *COMANDA JOAO!*

Più sotto si legge: *Una strepitosa doppietta del brasiliano lancia i 10&Lodi in testa alla classifica. Nel derby felino, i Gatti di Mantova fermano a sorpresa i Leoncini di Brescia.*

3ª GIORNATA DI RITORNO	
10&LODI (LO) - DIN. BRIANZA (LC)	2 - 0
ATL. MIAO (MN) - LEONCINI (BS)	1 - 1
CIPO-K (MI) - TALENTI (BG)	3 - 1
FIOCCHI (SO) - TICINO F.C. (PV)	2 - 2

CLASSIFICA	
LEONCINI	18
10&LODI	18
CIPO-K	**17**
TALENTI	13
DIN. BRIANZA	13
ATL. MIAO	13
FIOCCHI	7
TICINO F.C.	6

PROSSIMO TURNO
TICINO F.C. (PV) - ATLETICO MIAO (MN)
LEONCINI (BS) - **CIPO-K (MI)**
TALENTI (BG) - 10&LODI (LO)
DINAMO BRIANZA (LC) - FIOCCHI (SO)

MARCATORI CIPO-K	
TOMMI	7
LORIS	5
RAFA	4
DIOUFF	3
NICO, ANGELO, SARA, DANTE, MORTEN	1

Davanti alla bacheca dell'oratorio ci sono solo Tommi, Dante e Sara.

– I 10&Lodi hanno vinto tre partite su tre nel girone di ritorno – osserva il capitano.

– E con la vittoria su di noi all'ultima di andata, fanno quattro consecutive – precisa il numero 10. – Chi l'avrebbe detto all'inizio?

– In realtà qualcuno l'aveva detto... – risponde Tommi.

– Champignon – ricorda Sara. – Quando disse che la squadra di Joao avrebbe vinto il campionato ci siamo messi tutti a ridere...

– Invece ora sono in testa alla classifica davanti a noi – conclude il capitano.

– Sì, ma noi siamo a un solo punto e all'ultima giornata abbiamo lo scontro diretto in casa nostra – osserva Dante. – Direi che siamo messi bene.

– Se non perdiamo domenica a Brescia – precisa Tommi. – Troveremo dei Leoncini feriti e infuriati dopo il pareggio a Mantova...

– Meglio i Leoncini feriti che i 10&Lodi troppo allegri – commenta Sara. – Arrivano, prepariamoci…

Joao, Ciro, Achille e Lara si avvicinano alla bacheca del *GiornaLino*.

– Ciao, ragazzi – saluta Joao. – State ammirando la nuova capolista?

– Complimenti davvero – risponde Tommi. – Anche per la tua doppietta.

– Dovresti saperlo, capitano – spiega Joao. – Quando arriva la primavera e il sole si scalda noi brasiliani diamo il meglio!

– Chi la sa questa? – chiede Ciro. – Sta davanti ai 10&Lodi. Sette lettere.

– Nessuno! – rispondono in coro Achille, Lara e Joao.

Sara si tappa le orecchie con le mani: – Non li sopporto. Erano così simpatici quando perdevano sempre…

Domenica mattina, sulla Cipo-line.

La comitiva ha raggiunto Brescia di buon mattino per visitare la città. L'idea è stata di Gaston Champignon, che ha incaricato Dante di studiare alla sua maniera un percorso interessante e di prepararsi a illustrarlo con informazioni e curiosità. Naturalmente il cervellone ha accettato con entusiasmo.

– Sapete perché i nostri avversari si chiamano Leoncini? – chiede il numero 10.

– Perché vengono tutti dall'Africa come me – risponde Diouff.

– Non proprio... – sorride Dante. – È stato un celebre poeta, Giosuè Carducci, a definire Brescia la "Leonessa d'Italia" perché i suoi abitanti si opposero con grande valore e coraggio agli invasori austro-ungarici.

– Quindi aspettiamoci che i Leoncini ci riservino lo stesso trattamento... – commenta Sara.

I Cipo-K sanno benissimo che quella di stamattina è la partita che può decidere l'intera stagione: battere e superare la squadra di Brescia vorrebbe dire avere in tasca mezzo scudetto, potendo poi contare sullo scontro diretto con i 10&Lodi in casa.

Al contrario, perdere significherebbe un addio quasi certo ai sogni di gloria, perché a quel punto i ragazzi di Champignon si troverebbero a rincorrere due squadre con poche partite a disposizione.

I Cipo-K sono concentratissimi sull'impegno decisivo, anche troppo... Per questo il cuoco-allenatore ha chiesto a Dante di organizzare la visita in città prima dell'incontro, per cercare di distrarre i ragazzi e alleggerire il peso della tensione.

Alla guida della Cipo-line, Augusto li porta nei luoghi più interessanti della città, mentre a ogni sosta il numero 10 regala informazioni su informazioni: il Duomo Vecchio dalla curiosa forma cilindrica, l'antica chiesa di San Francesco, il monastero di Santa Giulia che contiene opere molto preziose, l'elegante piazza della Loggia, l'imponente castello fortificato...

– Speriamo che la difesa dei Leoncini non abbia mura tanto solide – commenta Rafa.

Niente da fare: per quanto Dante si sforzi di distrarli, i Cipo-K hanno in testa solo la partitissima...

Prima di dare il fischio d'inizio l'arbitro controlla che tutto sia in ordine.

Le tribune sono piene zeppe. Le persone che non hanno trovato posto a sedere si sono distribuite attorno al campo. In questa stagione i Cipo-K non hanno mai giocato davanti a tanti spettatori. Anche a Brescia sanno che questa partita vale una stagione.

Il calcio d'inizio spetta ai Cipo-K. Tommi e Rafa sono accanto al pallone, al centro del campo. Si scambiano un "Cipo-ok". L'arbitro fischia. Il capitano tocca la palla per il Niño, le tribune ruggiscono d'entusiasmo.

La grande sfida è cominciata.

6
NELLA TANA DEI LEONCINI

I Leoncini di Brescia, in maglia azzurra, con la curiosa numerazione doppia (il portiere ha il numero 11, il centravanti il 99), hanno confermato lo schema dell'andata: 4-1-4-1. Un mediano gioca cioè davanti alla fila dei quattro difensori e un attaccante, il velocissimo Scheggia, ragazzo di colore con la cresta alla Balotelli, gioca davanti alla fila dei quattro centrocampisti.

Gaston Champignon ha studiato la formazione in base allo schema degli avversari.

Ha lasciato fuori Nico, difensore forte di testa ma piuttosto lento, e ha schierato i suoi difensori più veloci, Sara, Elvira e Duccio, per rispondere agli scatti di Scheggia.

Poi ha schierato due trequartisti, Dante e Rafa, nella zona del mediano avversario, sperando che uno dei due riesca sempre a trovarsi libero e a servire Tommi.

Questa la formazione dei Cipo-K, schierata con modulo 3-4-2-1:

SPILLO

SARA ELVIRA DUCCIO

BECAN TAMARA ANGELO MORTEN

RAFA DANTE

TOMMI

Lo schieramento che Gaston Champignon ha studiato in settimana con Walter, papà di Loris e co-allenatore dei Cipo-K, sembrava perfetto alla lavagna. Ma il calcio non è la matematica e il campo molto spesso manda a gambe all'aria tutti i calcoli...

Questo succede perché i Leoncini, spinti da tifosi scatenati, hanno cominciato la partita con un ritmo furioso e i Cipo-K faticano a superare la metà campo.

Preoccupatissimo, Spillo urla consigli e dà coraggio ai compagni in difficoltà.

– Becan! Morten! Chiudete le fasce! – strilla il

portiere. – Chi lo marca l'88? Mio nonno? Qui sono tutti liberi!

Spillo ha ragione e Gaston Champignon se ne rende conto: con soli tre difensori al posto dei soliti quattro la difesa fa più fatica a controllare le fasce laterali, dove si avventano i terzini azzurri. E sui cross del numero 22 e del numero 23, a turno, si sganciano i centrocampisti per cercare la conclusione.

Becan e Morten provano a tornare in difesa per dare una mano, ma così la squadra si schiaccia tutta indietro e gli attaccanti restano isolati.

Il numero 22 azzurro, un piccoletto che ha i calzettoni quasi attaccati ai calzoncini, scende ancora velocissimo sulla fascia destra.

– Ma quello va a piedi o è in motorino? – chiede Igor in panchina.

– In motorino, direi... – risponde Nico.

Il Leoncino crossa, il numero 88 si avventa e schiaccia di testa. La palla rimbalza per terra e sembra destinata all'incrocio dei pali. Metà tribuna ha già urlato «Gol!», ma Spillo con un riflesso prodigioso vola e smanaccia la palla in angolo.

– Mitico, Spillo! – urla Donato tra gli applausi.

Torna in difesa anche Rafa per dare una mano sul

calcio d'angolo: – Ragazzi, svegliamoci o qui facciamo la fine degli austro-ungarici!

Ma i Leoncini non mollano la presa, continuano a spingere senza pause e i Cipo-K non riescono a liberarsi dall'assedio.

– Forza, Leoncini! Sbranateli! – urla la mascotte del tifo di casa, in costume da leone. – Noi ne abbiamo già sbranato uno in tribuna. Sono rimaste solo le ossa...

Scoppiano tutti a ridere osservando lo scheletro Aiuto tra le mani di Donato, che ribatte: – Lo sapete com'è morto questo tipo? Per un'indigestione di leoni. Ne mangiava uno al giorno.

Stavolta scoppiano a ridere don Callisto e tutti i sostenitori dei Cipo-K.

LA MASCOTTE DEI LEONCINI

Il leone in tribuna si toglie la criniera e urla a squarciagola: – Goool!!!

È una donna di colore, abbastanza robusta. Si rivolge a Donato con un sorriso fiero: – Quel leoncino che ha fatto gol è mio figlio. Bravo, no?

Neppure il gol del vantaggio calma gli scatenati bresciani che arrivano per primi su ogni pallone. L'unico pericolo che riescono a creare i Cipo-K nel primo tempo è una conclusione da lontano di Angelo che sfiora la traversa.

Durante l'intervallo, entra in spogliatoio Loris che ha raggiunto il campo con Walter e Sabatino: – Non abbiamo fatto un tiro in porta, ragazzi! Qui ci giochiamo il campionato!

– Bello parlare da fuori... – ribatte Becan. – Ma l'hai visto come corrono? Ci hanno preso a pallonate dall'inizio alla fine...

– Già – concorda Spillo. – La cosa migliore alla fine è il risultato: solo 1-0... Ci è andata bene.

– Infatti la partita è ancora aperta ma ci vuole più grinta! – riprende Loris. – Morten, quel 22 continua a fare cross. Possibile che non riesci a fermarlo? È alto un metro! Dagli un paio di calci e vedrai che si calma...

Interviene Gaston Champignon: – Ti devi calmare tu, Loris. Le mie squadre fermano gli avversari solo portandogli via la palla, senza calcioni. Nella ripresa cambiamo qualcosa, ragazzi. Ci disponiamo con il 4-4-2, così controlleremo meglio le fasce. Entrano Igor e Diouff per cercare di sfruttare meglio il contropiede. Finora sono stati più bravi di noi, ma se abbasseranno un po' il ritmo dovremo essere bravi noi ad approfittarne. A volte il leone, quando ha la pancia piena, si addormenta…

Purtroppo per i Cipo-K, i Leoncini di Brescia restano svegli e affamati anche nel secondo tempo. Grazie al nuovo modulo la squadra di Tommi riesce a difendersi meglio, ma sono quasi sempre i padroni di casa a tenere il pallone e a controllare il gioco.

Gli azzurri conquistano una pericolosa punizione al limite dell'area.

Sara organizza la barriera.

L'arbitro convalida il gol e indica il centro del campo: Leoncini-Cipo-K 2-0!

Sara si lancia all'inseguimento dell'arbitro: – Lei non ha fischiato, signor arbitro! È un gol da annullare!

– Non mi hanno chiesto la distanza della barriera – spiega il direttore di gara. – Quindi non c'era bisogno che fischiassi. Potevano calciare quando volevano.

– Ma noi stavamo aspettando che si allacciasse la scarpa! – protesta Dante.

– A me non ha chiesto di fermare il gioco – risponde l'arbitro. – L'avesse fatto, avrei ripreso con un fischio.

– Però ci ha ingannati! Non è stato sportivo! – insiste Diouff.

– Proprio tu lo dici? – interviene Scheggia. – All'andata ci hai fregato tirando giù i calzoncini a un tuo compagno! Noi ci siamo distratti e tu ci hai segnato il gol decisivo. Hai fatto il furbo e adesso l'ho fatto io!

– È vero, ora ricordo! – esclama l'arbitro. – Ho arbitrato la vostra partita anche all'andata. Nessuno dei due gol è stato un esempio di sportività, ma il regolamento non è stato violato. Perciò, come ho convalidato quello, convalido anche questo.

Le discussioni sul gol di Scheggia proseguono in tribuna.

– Arbitro, hai rovinato la partita!– urla Walter. – Quel gol era da annullare!

La mamma di Scheggia si toglie la testa di leone e risponde: – Guardi che io ho buona memoria. Ero presente alla partita d'andata e mi ricordo bene che lei applaudì quando suo figlio restò in mutande e i Cipo-K ci segnarono il gol decisivo. Se apprezza tanto le furbate, ora applauda il gol di mio figlio!

– Mi spiace, ma non sono abituato a discutere di calcio con le donne – risponde in modo scortese il papà di Loris.

La mamma di Scheggia si infila di nuovo il costume e ribatte con un ruggito: – *AAARGH!* Io non sono una signora. Sono un leone!

In tribuna scoppiano tutti a ridere.

Demoralizzati dal raddoppio e dalla grande prestazione dei ragazzi di Brescia, i Cipo-K provano ad attaccare senza troppa convinzione ma subiscono in contropiede il 3-0 dell'imprendibile Scheggia.

Al fischio finale i Leoncini si radunano sotto la tribuna per raccogliere gli applausi dei propri tifosi, mentre i ragazzi di Milano si incamminano a testa bassa verso gli spogliatoi, ma vengono richiamati da Tommi.

– Dobbiamo salutare – ricorda ai compagni il capitano. – Mettetevi in fila.

– Non possiamo evitare oggi? – chiede Duccio. – Dopo quella punizione truffa…

– Noi salutiamo sempre gli avversari – ribatte Tommi.

I Cipo-K si dispongono su due file e stringono la mano ai Leoncini che sfilano in mezzo tra gli applausi del pubblico di casa, ammirato per la sportività degli avversari.

Donato si avvicina alla mamma di Scheggia e la informa con un sorriso orgoglioso: – Il bambino che ha convinto i compagni a salutare, nonostante la sconfitta, è mio figlio.

Loris irrompe nuovamente in spogliatoio furibondo: – Come avete fatto ad abboccare a quello scherzo? Ci siamo giocati il campionato! Io…

Gaston Champignon lo interrompe immediatamente sollevando il mestolo di legno: – Silenzio! Ora parlo io. Loris, mettiti a sedere.

Il codino obbedisce. Non ha mai visto il cuoco-allenatore così arrabbiato.

– Non abbiamo perso per il gol su punizione – riprende Champignon. – Abbiamo perso perché i

Leoncini hanno giocato meglio di noi e si sono dimostrati più forti. Lo sport è sempre una medaglia a due facce: uno vince, l'altro perde. Bisogna saperle accettare tutte e due. Oggi ci è toccata la sconfitta. Abbiamo dato il massimo, ma non è bastato. Quindi nessun dramma. Torniamo a casa sereni e più ricchi, perché Dante stamattina ci ha raccontato un sacco di cose interessanti che non conoscevamo e perché i Leoncini ci hanno ricordato una lezione importante: chi fa il furbo prima o poi la paga con la stessa moneta. Vero, Diouff?

– Già, mister – riconosce l'ex Leone d'Africa. – Oggi ci hanno lasciato loro in mutande…

– E comunque non tutto è perduto – ricorda Dante. – I Leoncini hanno quattro punti di vantaggio, ma ce ne sono ancora nove in palio nelle prossime tre partite. E noi le giocheremo tutte sul nostro campo!

– E poi non è detto che i 10&Lodi abbiamo vinto anche in casa dei Talenti – aggiunge Spillo. – Augusto è appena uscito a telefonare al papà di Joao. Tra poco ci dirà il risultato.

In quel preciso istante l'autista della Cipo-line apre la porta dello spogliatoio ed entra con il cellulare in pugno.

7
LA KOMBATTIVA

– I 10&Lodi hanno pareggiato 1-1 – annuncia Augusto.

– Visto? – chiede Spillo, soddisfatto.

– Finalmente le banane hanno smesso di vincere… – commenta Vlado.

– Però restano due punti davanti a noi – precisa Sara. – Nelle ultime tre giornate dobbiamo recuperare due punti ai 10&Lodi e quattro ai Leoncini. Non siamo messi bene.

– Anche perché in realtà le giornate che mancano sono due, non tre – precisa Becan. – La prossima non la conto neppure: 10&Lodi e Leoncini giocheranno contro Fiocchi e Ticino F.C., gli ultimi in classifica. Vinceranno senz'altro.

Lino condivide il pessimismo di Sara e Becan. Lo si capisce dal nuovo numero del *GiornaLino* che appende il giorno dopo nella bacheca dell'oratorio Giovanni XXIII.

Il titolone annuncia: *SBRANATI DAI LEONCINI!*

Più in piccolo si legge: *Il crollo a Brescia lascia ai Cipo-K pochissime speranze per il titolo regionale. Restano invece in corsa i 10&Lodi, salvati a Sotto il Monte da un gol di testa di Ciro-Ciraffa.*

In fondo alla pagina c'è invece un annuncio misterioso: *Tenetevi forte, cari lettori, sta per arrivare un* GiornaLino *tutto nuovo, più ricco di pagine e di notizie!*

Ti ricordi che il piccolo giornalista aveva parlato del progetto di un giornale di quartiere durante il viaggio in Spagna? Probabilmente l'idea sta andando in porto.

4ª GIORNATA DI RITORNO	
TICINO F.C. (PV) - ATL. MIAO (MN)	2 - 1
LEONCINI (BS) - **CIPO-K (MI)**	3 - 0
TALENTI (BG) - 10&LODI (LO)	1 - 1
DIN. BRIANZA (LC) - FIOCCHI (SO)	2 - 0

CLASSIFICA	
LEONCINI	21
10&LODI	19
CIPO-K	**17**
DIN. BRIANZA	16
TALENTI	14
ATL. MIAO	13
TICINO F.C.	9
FIOCCHI	7

PROSSIMO TURNO
CIPO-K (MI) - ATLETICO MIAO (MN)
10&LODI (LO) - FIOCCHI (SO)
TICINO F.C. (PV) - LEONCINI (BS)
DINAMO BRIANZA (LC) - TALENTI (BG)

MARCATORI CIPO-K	
TOMMI	7
LORIS	5
RAFA	4
DIOUFF	3
NICO, ANGELO, SARA, DANTE, MORTEN	1

Venerdì sera.

– Non ho mai visto così tanta gente in via Pitteri, neppure a Natale per la messa di mezzanotte – commenta Dante.

– E io non ho mai visto tanti macchinoni di lusso tutti insieme – aggiunge Spillo. – Solo nei telefilm.

– Mi sa che quell'Adam ha fatto davvero le cose in grande – conclude Donato.

Davanti all'ingresso della *KombAttiva* una lunga fila di invitati attende di entrare. Due buttafuori, grossi come armadi a quattro ante, esaminano le cartoline d'invito e lasciano passare chi è in regola. Ai lati della porta nera con la K d'oro ardono due grossi bracieri.

– Altro che paradiso, qui mi sembra di entrare all'inferno... – commenta Sofia che osserva le vampate di fuoco e consegna la cartolina d'invito all'enorme buttafuori.

– E probabilmente è così... – scherza Eva alle sue spalle.

Daniela e Lucia ridacchiano divertite.

– Guardate quel tipo che stanno intervistando davanti alla telecamera – indica Igor. – Io l'ho già visto...

– Certo, è un comico famoso! – esclama Elvira. – E quello non gioca a calcio?

– Nel Milan! È lui... – conferma Dante, illuminandosi.

– Guardate! – annuncia Tommi. – C'è anche la ballerina più carina del mondo!

– Puoi dirlo forte... – sorride Egle, elegantissima, che poi dà un bacio sulla guancia al capitano ed entra con lui a scoprire la nuova palestra.

Nell'elegante bar, appena oltre l'ingresso e la zona spogliatoi, camerieri in giacca bianca e farfallino nero versano champagne nei calici degli invitati. Spillo si butta immediatamente alla scoperta dei tramezzini e dei salatini distribuiti ai tavoli.

– Guarda che non stanno inaugurando il bar ma la palestra... – lo avverte Dante. – Andiamo!

– Faccio il pieno e vengo – risponde il portiere, che stranamente ha un certo appetito.

La *KombAttiva* è divisa in quattro aree. La prima comprende cyclette, pesi da sollevare e macchine per allenare i muscoli. La seconda altri pesi e macchine del genere, ma in dimensione ridotta. La terza è costituita da un tatami, il materasso per i combattimenti di judo, e da una pista quadrata, circondata da specchi, destinata all'aerobica e alla ginnastica varia.

La quarta area è misteriosamente coperta da una specie di sipario nero con l'immancabile K d'oro al centro.

Le pareti sono tutte dipinte di nero e sulla più grande uno squalo enorme spalanca le sue terribili fauci. Sembra che voglia ingoiarsi mezza palestra.

Gli invitati si aggirano per i locali, studiano le attrezzature e fanno domande agli istruttori in tuta nera che danno tutte le informazioni del caso.

– Non manca nulla ed è tutto di altissima tecnologia – commenta Sabatino incantato. – Mai vista una palestra di questo livello...

Di colpo si spengono le luci, un faro enorme illumina il sipario nero che si solleva lentamente mentre gli altoparlanti diffondono la colonna sonora di *Rocky*, un celebre film sul pugilato di qualche anno fa.

Il sipario scopre un ring di boxe sul quale, in tenuta da pugili, Adam e un ragazzino fingono di combattere.

– Ma quello è il tuo amico! – esclama Sara.

– Già – conferma Spillo senza troppo entusiasmo. – Il lanciatore che mi ha preso a pallonate...

Gli invitati si raccolgono attorno al ring mentre Adam si mette sulle spalle Roger e risponde agli applausi sollevando un guantone e facendo risplendere il suo sorriso a trentadue denti. Poi afferra il microfono che scende dal soffitto.

– Gentili signore e cari amici, – comincia il padrone di casa – io e il mio fratellino Roger vi ringraziamo di cuore per essere venuti a condividere con noi la gioia per l'apertura di questa palestra. Siamo italo-americani come il grande Rocky e come lui ci piace vincere... Grazie di cuore ma i buoni sentimenti si fermano qui, perché qui dentro vi vogliamo kattivi e kombAttivi. Guardate lo squalo dipinto sul muro: quello è uno di noi. Avete mai visto uno squalo che si commuove? I coccodrilli ogni tanto piangono, gli squali mai! Noi vi vogliamo così! Per i cuori teneri esistono milioni di altre palestre sparse per il mondo... Qui no, grazie. I troppo buoni non fanno per noi. Qui dentro allenerò solo kattivi e kombAttivi!

– Grande Adam! – urla qualcuno tra il pubblico e parte l'applauso.

Non tutti, a dire il vero, battono le mani. Gaston Champignon, per esempio, si stuzzica soltanto il baffo sinistro.

– E ora, per ringraziavi di essere qui, voglio regalare tre abbonamenti annuali alla *KombAttiva* – riprende Adam. – Ma vi avverto: è il primo e ultimo atto di generosità che mi vedrete fare…

Scoppiano tutti a ridere.

– Il primo abbonamento voglio regalarlo a un maschiaccio – annuncia Adam. – Mi serve un volontario.

– Io! – esclama subito Donato.

– Lo sapevo… – commenta Lucia sconsolata. – Figuraccia in vista.

Il papà di Tommi sale sul ring tra gli applausi, mentre Adam schiaccia un tasto a bordo ring e dal soffitto scende un sacco, di quelli che i pugili prendono a pugni per allenamento.

– Risposta immediata, tipo coraggioso – si complimenta Adam. – Mi piaci, uomo! Come ti chiami e che lavoro fai?

– Donato, autista di autobus – risponde il papà di Tommi.

– Benissimo. Ascolta, Donato – suggerisce il pugile. – Domattina ti alzi, sali sul tuo autobus e dopo un minuto si avvicina un tipo che fino al capolinea ti chiede informazioni su tutte le vie di Milano. Ma al capolinea non ci arrivi, perché una manifestazione blocca il traffico e rimani imbottigliato per due ore. Riparti e al primo semaforo un tipo in retromarcia ti viene addosso: scendi, discuti, bisogna aspettare i vigili… Finalmente finisci il turno, ma mentre sei in motorino scoppia un temporale che ti sorprende senza ombrello e rientri in casa inzuppato come una spugna…

– Che giornatina… – commenta Donato.

– Non distrarti, Donato! – ordina Adam. – Concentrati! Quella giornata disgraziata è qui, davanti a te. È questo sacco! Cosa gli fai?

Il papà del capitano ci pensa un po', poi molla un pugno al sacco.

– Tutto qui, Donato? – chiede il pugile con aria delusa. – Concentrati bene, pensa: il traffico, l'incidente, la pioggia…

– Grande, Donato! – esulta Adam. – Così vi vogliamo! Noi della *KombAttiva* il destino non lo accettiamo, lo prendiamo a pugni e ce ne facciamo uno tutto nuovo! Kattivi e kombAttivi! Bravo, sei uno dei nostri!

Il papà di Tommi ritira l'abbonamento omaggio alla palestra e scende dal ring tra gli applausi, rispondendo con un braccio alzato all'ovazione delle Cipolline: – Mitico, Donato!

– Ora chiamo sul ring un ragazzino – annuncia Adam. – Mi serve un piccolo dal grande fegato!

– Eccomi! – esclama una voce.

– Molto bene, ragazzo – lo accoglie il pugile. – Tu come ti chiami?

– Loris.

– Pratichi qualche sport?

– Sono il centravanti dei Cipo-K – risponde il codino.

– Come sta andando il campionato? – si informa Adam.

– Male, l'abbiamo quasi perso – spiega Loris.

– Perché dici "quasi"?

– Perché i primi in classifica hanno quattro punti più di noi e mancano solo tre partite.

– Quindi significa che potete ancora superarli – osserva il biondo palestrato.

– Sulla carta sì, ma domenica giocano contro una squadra debole e vinceranno di sicuro – fa notare il codino.

– Mi spiace Loris, ma se la pensi così non entrerai nella *KombAttiva* – spiega Adam. – I kombAttivi ci credono sempre e non si arrendono mai! Tu devi credere con tutte le tue forze che i tuoi avversari domenica non vinceranno! Ci credi?

– Sì – risponde un po' imbarazzato il codino.

– Più forte! – lo incalza il pugile. – Ci credi?

– Sììì! – urla Loris.

– Chi vincerà il campionato?

– I Cipo-K! – strilla a squarciagola l'ex Kappa.

– E per far vincere i Cipo-K sei disposto a segnare di mano o a ingannare l'arbitro buttandoti in area? – chiede ancora Adam.

– Io sì, anche se i miei compagni di squadra non sono d'accordo... – risponde Loris.

Scoppiano tutti a ridere.

– Quei due sembrano fatti uno per l'altro... – commenta Dante.

– Grande, Loris! – esclama il proprietario della

palestra. – Ti sei meritato un anno gratis alla *KombAttiva*. Io la penso come te. L'importante non è partecipare, ma vincere sempre! Il mondo è un oceano pericoloso, bisogna mettere in fretta denti da squalo. Noi alla *KombAttiva* li facciamo spuntare! Non si preoccupino le mamme. Abbiamo medici e istruttori che li seguono da vicino. Nessuno rischia di farsi male con le nostre macchine. Anche perché più che i muscoli noi alleniamo le anime: vi restituiremo figli con l'anima di un lottatore e non avranno più paura di nulla! Roger, insegna a Loris il nostro saluto.

Gaston Champignon non stacca più la mano dal baffo sinistro, quello della disapprovazione e dei presagi negativi.

Prima di scendere dal ring, Loris impara da Roger il saluto della *KombAttiva*. Il codino stringe i pugni come se stesse tenendo tra le mani due racchette da sci, il fratello di Adam gli picchia sopra i suoi pugni, poi Loris ricambia il gesto.

– E per finire, – annuncia Adam – voglio regalare un abbonamento annuale a una gentile fanciulla. Uomini, preparatevi a lavare i piatti e a perdere il controllo del telecomando, perché se le vostre donne passeranno dalla *KombAttiva* impareranno a farvi dire sì…

Altre risate in sala.

– Questa volta però chiamo io la volontaria – spiega al microfono il pugile. – Spero che ci sia tra noi la gentile Eva. Sapete, ho fatto troppo il galante con lei e mi ha messo al tappeto... Vorrei farmi perdonare regalandole questo abbonamento annuale.

Il pubblico scoppia ancora a ridere, mentre le amiche cercano di convincere Eva a salire sul ring.

– Ma figuriamoci se vado da quel pappagallo... – si oppone la dea delle tisane.

– Dai, – insiste Sofia – vai su e mettilo ko un'altra volta...

Alla fine Eva si decide e sale sul ring tra gli applausi.

– Avete visto amici com'è carina? Ora capite perché ho fatto il galante? – domanda Adam.

Qualcuno sorride, molti applaudono e fischiano.

– Eva, è per me un onore e un piacere regalarti la tessera numero uno della mia palestra – annuncia il pugile.

– Ti ringrazio del pensiero ma non posso accettare – risponde Eva.

– E perché? – chiede sorpreso Adam.

– Perché io non potrei mai ordinare a un fiore:

sboccia subito! – spiega la ragazza ceca. – Per far crescere un fiore non servono muscoli e volontà da squalo, ma cura e amore. Me l'ha insegnato mio nonno Radek, che tu conosci bene. Mi spiace ma io sono troppo buona per la *KombAttiva*.

Eva lascia sul ring il pugile con la tessera numero uno tra le dita.

Segue qualche secondo di silenzio imbarazzato, poi si leva la voce squillante di Gaston Champignon: – *Superbe!*

Il cuoco-allenatore ha cambiato baffo in onore di Eva: dal sinistro al destro.

8
LORIS SCATENATO

Domenica mattina, davanti all'oratorio Giovanni XXIII.

Tommi, Spillo, Dante e Becan aspettano l'arrivo dei compagni per poi andare cambiarsi.

– Guardate con chi sta arrivando Loris – indica il numero 10.

– Non mi meraviglia – commenta Tommi. – Dal giorno dell'inaugurazione della *KombAttiva* quei due fanno coppia fissa.

– Conoscete Roger, vero? – chiede il codino.

– Sì, abbiamo già avuto il piacere... – risponde Spillo con un sorriso stiracchiato.

– Il piacere è stato tutto mio – ridacchia il fratello di Adam.

– Roger non ama molto il calcio ma è venuto a fare il tifo per noi – spiega Loris. – Sarà una partita fondamentale.

– Tranquilli, vincete voi di sicuro – garantisce Roger.

– Non credo sia così semplice – commenta Dante. – All'andata i Miao di Mantova ci hanno trattato peggio dei Leoncini: 5-1...

– Sì, ma per colpa del Gatto che aveva le mani a colabrodo – precisa Loris. – Gli passava di tutto.

– Stavolta vincerete voi 5-1 se ci credete davvero – assicura Roger. – Come dice mio fratello, per avere una cosa basta desiderarla con forza.

– Mah... – sbotta Spillo con un sospiro scettico. – Fosse vero, tutte le mattine a scuola il mio banco sarebbe coperto di meringhe.

– Andiamo a cambiarci – taglia corto Tommi raccogliendo il borsone, subito imitato dai compagni.

Gaston Champignon annuncia la formazione che affronterà l'Atletico Miao: – Oggi giocheremo con lo schema 4-4-2, lo stesso che dovrebbero usare loro. Becan, dovrai aiutare parecchio Sara perché i Miao hanno un'ala sinistra molto forte, che all'andata ci ha creato parecchi problemi.

– Me la sogno ancora di notte – commenta la gemella.

– In attacco giocheremo con due centravanti, Tommi e Loris, che rientra dalla squalifica, – riprende il cuoco-allenatore – perciò cerchiamo di fare più cross possibili. Se non si dimostrerà la strada giusta, ricorreremo ai passaggi filtranti di Dante nel secondo tempo. Ok? Mi raccomando: non pensate alla classifica e al titolo regionale. Oggi è una giornata splendida che sa di primavera, i vostri cross incroceranno le rondini… Respirate l'aria buona della bella stagione e divertitevi, amici miei!

Fuori dallo spogliatoio, Loris ha un messaggio leggermente diverso per i compagni…

Li raduna a centrocampo e mostra la cartolina nera con la K d'oro che ha nascosto tra calzettone e parastinco: – Dobbiamo stritolarli questi gattacci! Kattivi e kombAttivi, ok? Possiamo ancora vincere il titolo, io ne sono convinto, ma oggi non possiamo permetterci di perdere o di pareggiare. Mettiamocela tutta! Anima da squali!

Il codino stringe i pugni, aspettando che qualcuno picchi sopra i suoi.

– Quello non è il nostro saluto. Il nostro è questo – lo corregge Tommi, che chiude il pugno a "Cipo-ok" con il pollice sollevato e lo avvicina a Loris.

– E neppure il nostro motto – precisa Sara. – Noi siamo un fiore, non squali.

L'arbitro fischia e ordina alle squadre di disporsi per l'inizio della partita.

I ragazzi si distribuiscono per il campo in questo modo:

GATTO

SARA NICO VLADO DUCCIO

BECAN ANGELO BRUNO DIOUFF

TOMMI LORIS

Come ha spiegato Champignon, Becan a destra e il velocissimo Diouff a sinistra dovranno rifornire di cross Tommi e Loris. Bruno e Angelo, molto forti fisicamente, dovranno lanciare le due ali e proteggere la difesa quando attaccheranno gli avversari. Saranno preziosi anche gli inserimenti in attacco di Nico, abilissimo nei colpi di testa.

L'Atletico Miao, che veste la caratteristica maglia bianca con impronte nere di zampa di gatto, inizia la partita con coraggio e crea una palla-gol dopo soli cinque minuti.

Una doppia parata strepitosa, forse la più bella di tutto il campionato!

Perfino l'arbitro stringe la mano al Gatto, mentre la tribuna prolunga un applauso entusiastico.

Il numero 8 dei Miao non crede ai propri occhi, forse perché ricordava le tante papere del portiere dei Cipo-K all'andata. Non sa che in Spagna il mitico Gatto ha ritrovato la magia delle mani…

Il pericolo sveglia i Cipo-K come una secchiata di acqua gelata in faccia. Bruno e Angelo prendono il controllo del centrocampo, i velocissimi Becan e Diouff rovesciano in area cross su cross e per i Miao diventa sempre più difficile superare la metà campo.

Ecco di nuovo Becan in azione. Lancia la palla alla destra del numero 3 che gli sta di fronte, lo aggira a sinistra, spinge il pallone fino alla linea di fondo e crossa in corsa.

A centro area Tommi si prepara a calciare in mezza rovesciata, ma viene anticipato da Loris che si tuffa a volo d'angelo e di testa spedisce la palla in rete: 1-0!

I tamburi di Karim e Aida festeggiano il vantaggio.

Il codino, senza neppure esultare, corre a prendere la palla in rete e la riporta a centrocampo: – Forza ragazzi, non dobbiamo fermarci! Dai, dai!

Becan, che non ha fatto neppure in tempo a festeggiare il compagno, guarda il capitano perplesso: – Ma cosa gli è preso?

– Boh… – risponde Tommi allargando le braccia.

Questa volta è l'Atletico Miao a beccarsi la secchiata in faccia... Il gol subito infatti sveglia i mantovani e li spinge all'attacco.

Tutte le azioni partono dalla fascia sinistra dove il numero 11, come all'andata, sta mettendo in grande difficoltà Sara.

– *Superbe!* – applaude Champignon. – Così si aiuta la squadra! Bravo, Loris!

Dante e Rafa si guardano sbalorditi.

– Mai visto il codino tornare in difesa a dare una mano... – commenta il numero 10.

Loris si rialza e corre a tutta velocità verso la porta avversaria, mentre Diouff ha ricevuto palla da Angelo e si è involato sulla fascia sinistra. L'ex Leone d'Africa manda al centro in cross basso per Tommi che si prepara a calciare al volo di destro. Ma ancora una volta viene anticipato da Loris, che piomba in scivolata e trascina in rete il pallone del 2-0!

I tifosi dei Cipo-K esultano di nuovo.

Donato si complimenta con Walter: – Ma cos'hai dato a colazione stamattina a tuo figlio? Benzina super? Non si ferma più!

– Il merito è delle lezioni di mio fratello – interviene Roger. – Loris è stato un paio di volte alla *KombAttiva* e già si vedono i frutti...

L'Atletico Miao riesce a ridurre lo svantaggio e a riaprire la partita poco prima dell'intervallo con un'azione personale del solito numero 11.

Per questo Loris rientra in spogliatoio furibondo: – Ma è possibile che non siate riusciti a fermare quel numero 11? Ha fatto tutto quello che ha voluto!

– Mi spiace – si scusa Sara. – È veramente la mia bestia nera. Quello fa dei dribbling che proprio non riesco a fermare...

– E gli altri? Vi ha saltato tutti come birilli... – insiste il codino. – È l'unico pericoloso dei Miao, bastava tenere d'occhio lui. E invece se ne è andato a spasso tranquillamente per il campo, ha segnato e ha riaperto una partita che io avevo chiuso da solo!

Da buon capitano, Tommi interviene: – Loris, stai esagerando. Il fatto di aver segnato due gol non ti autorizza a criticare tutta la squadra.

– Anche perché i due gol non li hai segnati da solo, – fa notare Dante – ma grazie ai cross di Becan e Diouff e al lavoro di tutta la squadra.

Vlado interrompe la discussione: – Mister, posso provare io a marcare il numero 11 nel secondo tempo.

Gaston Champignon riflette per qualche secondo, poi decide: – Ok, Elvira entra al posto di Sara e va al centro della difesa, mentre Vlado si sposta sulla fascia destra. Igor sostituisce Becan e darà una mano nella marcatura del numero 11. Rafa entra per Diouff, Dante per Bruno, gli altri più avanti. Coraggio, ragazzi, stiamo giocando una buona partita.

– Sì, ma più kombAttivi Cipo-K! – si raccomanda Loris sistemandosi la cartolina nera nel calzettone destro.

Prima della ripresa del gioco Vlado parlotta a lungo con Roger, che è sceso dalla tribuna e si è avvicinato alla rete di recinzione. L'arbitro lo richiama per dare il calcio d'inizio.

I tifosi arrivati da Mantova agitano la mascotte dei Miao, un gatto gonfiabile, e incitano i loro ragazzi che partono fortissimi alla ricerca del pareggio.

Gaston Champignon è costretto a tormentare il baffo sinistro: capisce subito che la situazione in difesa non è migliorata. Anzi... Vlado, grande e grosso, soffre ancora più di Sara gli scatti e i dribbling secchi del talentuoso numero 11

LA MASCOTTE DEI MIAO

avversario, che punta di nuovo l'ex difensore del Rapid Ball. Questa volta lo salta in tunnel...

Un fallo bruttissimo che l'arbitro punisce con un cartellino giallo, anche se poteva starci addirittura l'espulsione. Infatti i sostenitori dei Miao protestano rumorosamente contro il direttore di gara e poi se la prendono con Walter che ha provato a giustificare l'intervento: – Il nostro difensore è entrato sul pallone. È stato sfortunato a non prenderlo...

– No, è stato fortunato a trovare un arbitro del genere! – ribatte un tifoso dei Miao. – Per un fallaccio così ci voleva l'espulsione immediata!

Si crea un po' di scompiglio anche in campo perché

i Miao, impressionati dalle smorfie di dolore dell'amico, se la prendono con Vlado. Devono intervenire gli allenatori per riportare l'ordine.

Il numero 11, con la caviglia dolorante, viene soccorso dal massaggiatore ma non può riprendere la partita. Tommi lo accompagna a bordo campo e si scusa a nome della squadra.

Durante le fasi concitate seguite al fallaccio a Gaston Champignon non è sfuggita una scena: Vlado che ha scambiato un sorriso d'intesa con Roger e poi ha ricevuto i complimenti da Loris. I due ex Kappa hanno festeggiato l'infortunio dell'avversario con il saluto della *KombAttiva*: pugni su pugni.

Per questo il cuoco-allenatore richiama l'attenzione dell'arbitro per una doppia sostituzione: Tamara e Morten al posto di Vlado e Loris.

Senza il loro giocatore migliore i Miao perdono fiducia e nell'ultima parte dell'incontro si lasciano andare, subendo altri tre gol in pochi minuti. Li segnano Tommi, Rafa e Igor.

Al fischio finale Loris entra in campo con un sorriso da ultimo giorno di scuola urlando: – Ragazzi, ragazzi, siamo secondi a un punto dalla vetta!

– Come è possibile? – chiede Dante.

– Lino ha già telefonato per i risultati – racconta il codino. – I Leoncini hanno perso 3-1 con il Ticino F.C. e i 10&Lodi sono stati fermati in casa dai Fiocchi: 2-2!

– Non ci credo... – commenta Spillo.

– È andata esattamente come aveva previsto Adam. Vi ricordate all'inaugurazione? – chiede Loris. – Quel tipo è un mago. Fa accadere ciò che vuole con la forza della volontà! Ora ci credo: vinceremo il titolo regionale!

Il codino estrae dal calzettone la cartolina della *KombAttiva* e la bacia.

– E ora che ci penso, – fa notare Duccio – Roger ha azzeccato in pieno il risultato della nostra partita: 5-1.

– È vero. Quel ragazzo è un mago come suo fratello – commenta Loris. – Ti conviene stare molto attento, Tommi. Lo vedi? Sta chiacchierando con Egle in tribuna... Quelli della *KombAttiva* ottengono sempre ciò che vogliono con la forza di volontà.

Senza togliere gli occhi dalla tribuna il capitano ribatte: – Io non frequento la *KombAttiva*, ma ti assicuro che, se serve, un'anima da squalo tigre ce l'ho già.

9
TOMMI-ROGER: SCINTILLE

Martedì pomeriggio.

Finalmente i Cipo-K possono leggere il *GiornaLino* con soddisfazione. Rispetto alla settimana scorsa la classifica è cambiata come dal giorno alla notte. La squadra di Tommi, che dopo la dura sconfitta di Brescia sembrava spacciata, ha riagganciato i 10&Lodi al secondo posto e si è portata a un solo punto dalla vetta.

Come al solito Lino, che ha il senso della notizia del giornalista di razza, ha composto una prima pagina di grande effetto. C'è infatti una foto dello scheletro Aiuto che esulta in tribuna a braccia alzate, sotto al titolone: *I CIPO-K SONO VIVI!*

5ª GIORNATA DI RITORNO	
CIPO-K (MI) - ATL. MIAO (MN)	5 - 1
10&LODI (LO) - FIOCCHI (SO)	2 - 2
TICINO F.C. (PV) - LEONCINI (BS)	3 - 1
DIN. BRIANZA (LC) - TALENTI (BG)	0 - 0

CLASSIFICA	
LEONCINI	21
CIPO-K	**20**
10&LODI	20
DIN. BRIANZA	17
TALENTI	15
ATL. MIAO	13
TICINO F.C.	12
FIOCCHI	8

PROSSIMO TURNO
LEONCINI (BS) - DINAMO BRIANZA (LC)
ATLETICO MIAO (MN) - 10&LODI (LO)
CIPO-K (MI) - FIOCCHI (SO)
TALENTI (BG) - TICINO F.C. (PV)

MARCATORI CIPO-K	
TOMMI	8
LORIS	7
RAFA	5
DIOUFF	3
NICO, ANGELO, SARA, DANTE, MORTEN, IGOR	1

Dopo settimane di prese in giro, Sara può finalmente vendicarsi...

Ha organizzato la scenetta con Dante, Spillo e Becan. Appena vede avvicinarsi il gruppetto di Joao, Ciro, Achille e Lara, la gemella dei Cipo-K entra in azione.

Si toglie dalle labbra la matita che stava rosicchiando pensierosa, finge di leggere un giornaletto e chiede: – Lo fa nello spazio un'astronave quando raggiunge una stazione orbitante. Otto lettere...

– Aggancio! – esclamano in coro Dante, Spillo e Becan che poi scoppiano a ridere.

Sorride anche Ciro che accetta la presa in giro: – Ce la siamo meritata...

– Ci avete *agganciati* ma non *sorpassati*, cara gemellina – precisa Lara.

– Ma cosa vi è successo contro i Fiocchi che sono ultimi in classifica? – chiede Tommi. – Ero sicuro che avreste vinto.

– Il guaio di avere tre gemelli in squadra, – spiega Achille – è che quando i loro genitori hanno un impegno fuori città si portano via tre giocatori in un colpo solo... Senza Marta, Marco e Marzio abbiamo perso forza in tutti i reparti.

– Ma non è il solo motivo – riconosce Joao. – Domenica non abbiamo giocato con la solita grinta. Forse abbiamo alzato un po' troppo la cresta dopo aver raggiunto la vetta della classifica...

– Comunque il tuo sogno si sta avverando, capitano – osserva Ciro. – Abbiamo gli stessi punti e siamo secondi: tra due domeniche potremmo davvero giocarci il titolo nello scontro diretto qui, nel nostro oratorio.

– Accipolla, sarebbe davvero mitico! – esclama Spillo.

– Non capisco perché perdiate tempo a discutere del campionato – interviene Loris, accompagnato da Vlado e Duccio. – Ormai si sa chi lo vince.

– I Cipo-K – precisa Duccio.

– Esattamente – conferma il codino. – Come dice Adam: «Quando il gioco si fa duro, i duri cominciano a giocare». Come volevasi dimostrare, le banane 10&Lodi hanno pareggiato le ultime due partite: ora che si decide il campionato tremano e non vincono più...

Vlado e Duccio fingono di tremare come se fossero in un frigorifero, poi scoppiano a ridere.

– Aspettate un paio di settimane e vi faremo vedere nello scontro diretto come tremiamo! – ribatte Achille. – Se ve lo siete dimenticati, all'andata abbiamo vinto noi.

– Avete vinto quando non contava nulla – replica Vlado. – Ora che il derby deciderà il campionato lo vinceremo noi. Non avete sentito Adam all'inaugurazione? Lo scudetto regionale finirà sulle nostre maglie.

– A proposito, – annuncia Loris – giovedì Roger si allenerà con noi. L'ho invitato io.

– Ma noi non giochiamo a football americano – obbietta subito Tommi che, come avrai capito, non ha preso in grande simpatia il fratello minore di Adam...

– Domenica ha tifato per noi, si è divertito e vuole imparare a giocare a calcio – spiega il codino. – E comunque Roger può darci buoni consigli per diventare più kattivi e kombAttivi.

– Mi sembra che Vlado non abbia bisogno di maestri... – commenta Dante indicando il *GiornaLino*.

Sotto la foto di Aiuto c'è quella del numero 11 dei Miao, a terra dolorante, con la caviglia slogata dall'intervento durissimo di Vlado. Accanto alla foto c'è un commento molto severo di Lino, che critica il comportamento del difensore e ricorda le regole del fair play e del rispetto. L'articolo è titolato: *VLADO, QUESTO NON È CALCIO!*

Vlado legge senza rimorsi l'articolo, poi commenta: – Lino ha ragione. Il mio non era calcio, era un gran bel calcione!

Loris e Duccio scoppiano a ridere e si allontanano con Vlado verso l'uscita dell'oratorio.

Mercoledì sera a casa di Tommi, ora di cena.

Donato si alza da tavola, raccoglie i piatti e li porta in cucina.

Lucia e Tommi si scambiano un'espressione di sorpresa.

– Vuoi misurarti la febbre? – chiede la moglie al marito. – Non mi ricordo neanche l'ultima volta che hai sparecchiato la tavola...

– Ti aiuto così finiamo più in fretta – spiega Donato. – Voglio che poi vi mettiate comodi sul divano perché ho una cosa importante da dirvi.

Lucia e Tommi si scambiano un altro sguardo interrogativo...

Finito di sparecchiare, Donato esce dalla sala e

ricompare dieci minuti più tardi in accappatoio, con un asciugamano attorno al collo e guantoni da boxe.

Moglie e figlio lo fissano a bocca aperta, come se fosse un marziano.

Donato si toglie l'accappatoio, appoggia l'asciugamano su una sedia e, in tenuta da pugile, comincia a saltellare mollando nell'aria pugni che sfiorano il lampadario: – Signore e signori, ecco a voi il terrore del ring: Bum Bum Donato!

Lucia, come spesso accade, scrolla la testa sconcertata.

Tommi invece scoppia a ridere: – Perché ti chiami Bum Bum?

– È il rumore della combinazione dei miei pugni rapidissimi – risponde papà. – Destro-sinistro: *bum bum!* Colpi terribili da ko. *Bum bum!* Giù.

– Non dirmi che ti sei iscritto al corso di pugilato di Adam... – esclama il capitano insospettito.

– Certo – conferma l'autista della 54. – Ho ricevuto un abbonamento gratis alla palestra e ne approfitto. Non devo mica fare combattimenti veri sul ring. Mi alleno al sacco e faccio ginnastica. È un buon modo per scaricare la tensione del lavoro, tonificare i muscoli, fare fiato e tenere sveglio lo squalo che è in me... E poi quell'Adam è un tipo davvero in gamba.

Tommi non sa più cosa pensare: tutto il quartiere sembra stregato dal fascino della *KombAttiva*. Perfino suo padre...

All'allenamento del giovedì, come promesso, Loris si presenta con Roger, che stringe la mano a tutti i Cipo-K in spogliatoio.

– Tu sei il capitano, vero? – chiede il fratello di Adam.

– Vero – conferma Tommi. – Non mi aspettavo di vederti qui, so che consideri il calcio uno sport per femminucce. Tu invece sei un gladiatore del football americano...

– Infatti è uno sport per femminucce, – ribatte Roger con sguardo di sfida – ma io posso giocarlo da gladiatore.

Sara ridacchia e dice sottovoce a Elvira: – Mi sa che quei due non diventeranno presto amiconi...

– Ho il sospetto che Egle c'entri qualcosa – risponde Elvira.

– Sospetto confermatissimo... – bisbiglia la gemella sghignazzando.

Dante arriva per ultimo al campo. Vede Morten

seduto da solo su una panchina dell'oratorio e lo raggiunge.

– Non vieni a cambiarti? – domanda il numero 10. – Tra poco inizia l'allenamento.

– Mi sa che oggi lo salto e resto qui a guardare il cielo – risponde il biondo danese. – Non vedi che spettacolo?

– Dici le nuvole, vero? – chiede Dante.

– Certo. Guarda come si spostano veloci – spiega Morten. – Sembra una squadra in maglia bianca che vola verso la porta. E guarda come ogni nuvola cambia forma in fretta. Quella non sembra il muso di un cane? E dimmi se quell'altra non ti ricorda il faccione di Spillo…

– Hai ragione, è lui – concorda Dante, che poi raggiunge lo spogliatoio e informa Gaston Champignon dell'assenza di Morten.

Appena sente la motivazione, Roger scoppia a ridere: – Fatemi capire… Vi state giocando lo scudetto e uno di voi si permette di saltare l'allenamento per guardare le nuvole? Uno così non entrerebbe mai nella *KombAttiva*.

Loris raggiunge Morten sulla panchina e lo striglia: – Ma ti sembra una cosa intelligente saltare l'allenamento per vedere delle stupide nuvole? Poi domenica non mi azzecchi un cross!

– E a te sembra intelligente giocare con una cartolina nei calzettoni? – ribatte il danese. – Ricordati che senza la pioggia di quelle stupide nuvole tu moriresti di sete.

Il codino sta per replicare, ma Gaston Champignon lo zittisce sollevando il mestolo: – Loris, devi imparare a rispettare gli altri. Morten ha il mio permesso di osservare il cielo quando gli pare, anche in partita. E oggi potrà farlo senza perdere l'allenamento.

I Cipo-K si guardano perplessi: cosa avrà in testa il cuoco-allenatore?

Champignon forma due squadre e spiega le regole della partitella: – Come vedete, abbiamo in cielo splendide nuvole bianche che si inseguono e ogni tanto nascondono il sole. La squadra di Loris, con la pettorina gialla, potrà attaccare solo quando splende il sole; quella di Morten, invece, quando una nuvola lo copre. Chiaro? Ricordatevi che i grandi campioni giocano sempre con gli occhi al cielo, a testa alta, perché sanno controllare il pallone senza doverlo guardare.

Il cuoco-allenatore alza lo sguardo, poi lancia il

pallone a Loris: – C'è fuori il sole, attacca la squadra gialla. Inizia la partita!

Il danese sorride soddisfatto e non solo perché la sua squadra ha recuperato la palla. La buffa partita gli consente di divertirsi con il pallone, senza perdere di vista le sue amate nuvole. E poi sorride perché questo nuvolone bianco è abbastanza grande e quindi la sua squadra avrà tempo a disposizione per raggiungere la porta di Spillo.

Tamara avanza fino a centrocampo e lascia la palla ad Angelo che si libera di Bruno e allarga a sinistra per Morten che parte in dribbling, chiede triangolo a Rafa e lancia Tommi.

Con molto gusto, il capitano dribbla l'impacciato Roger facendogli passare la palla tra le gambe e fulmina il portiere con un diagonale imparabile.

– *Superbe!* – applaude Champignon. – Nuvole in vantaggio per 1-0!

Morten esulta con le braccia al cielo proprio nel momento in cui il disco del sole esce dalla nuvola bianca come una monetina da un salvadanaio.

– Nel calcio i difensori devono tenere sempre le gambe chiuse – suggerisce Tommi, tornando nella sua metà campo.

– Grazie per il consiglio – ribatte Roger con un sorriso forzato.

La squadra del sole pareggia grazie a una punizione di Dante.

Morten riporta in attacco i suoi appena una lunga nuvola a forma di treno ricopre il disco giallo.

Gaston Champignon fischia il fallo e interviene per riportare la calma.

Sara è la prima a prendersela con il fratello di Adam: – Datti una calmata! Che razza di intervento era?

– Un'ottima chiusura difensiva – risponde Roger. – Nel football non avrebbero mai fischiato il fallo.

– Ma qui stai giocando a calcio, non a football – gli ricorda Spillo.

– Scusate, è l'abitudine... – prova a giustificarsi il biondino della *KombAttiva*. – Certo che Tommi pesa come una piuma. Dovrebbe fare il ballerino con Egle...

Alla parola "Egle" il capitano ritrova il fiato e fa per alzarsi di scatto, ma saggiamente Bruno lo trattiene: – Ti sta provocando. Lascialo perdere...

Con la scusa delle nuvole Champignon fischia la fine della partita e manda tutti negli spogliatoi: – Ormai il cielo si è coperto definitivamente. Per oggi non vedremo più il sole quindi non possiamo più continuare la nostra partitella.

Morten si avvicina al cuoco-allenatore e commenta: – Lo vede che le nuvole non sono stupide, mister? Questo era il momento giusto per interrompere la partita, altrimenti quei due finivano per litigare.

Gaston Champignon strizza l'occhio: – Te lo dicevo. Dal cielo c'è solo da imparare.

10
IL RIGORE DECISIVO

Domenica mattina, penultima giornata del campionato regionale.

Potrebbe essere un altro turno favorevole ai Cipo-K che affrontano in casa l'avversario più debole, i Fiocchi di Bormio, ultimi in classifica, mentre i Leoncini dovranno vedersela con la Dinamo Brianza e ai 10&Lodi tocca l'impegno più tosto: la trasferta sul campo dell'Atletico Miao, già fatale a Tommi e compagni.

In spogliatoio Gaston Champignon illustra la formazione che intende schierare dal primo minuto: – Ho pensato di usare lo stesso modulo che abbiamo adottato contro la Dinamo Brianza: 4-2-3-1, con Tamara e Bruno davanti alla difesa. Con il doppio mediano avevamo fermato bene Pietro, il loro numero 10. Oggi proviamo a fare lo stesso con Deborah, il numero 8 dei Fiocchi, che è bravissima a inserirsi in area arrivando da centrocampo. Ricordate?

– Certo, mi ha segnato due gol... – risponde Spillo. – Ma nevicava, Deborah aveva il paraorecchie e volava sul ghiaccio scivolando con le scarpe da ginnastica senza tacchetti. Ora siamo in primavera, ci sono venti gradi e le margherite sulle fasce laterali, non credo che ci giocherà lo stesso scherzo...

– Se hanno solo otto punti in classifica, una ragione ci sarà – commenta Duccio. – Forse è nevicato poco...

– Vi faccio notare che non nevicava neppure a Lodi una settimana fa, eppure i Fiocchi hanno fermato Joao sul pareggio – osserva Tommi. – Meglio non prenderli sotto gamba.

– Il capitano ha ragione – concorda Loris. – Entriamo in campo, segniamo subito due o tre gol, chiudiamo la partita e poi risparmiamo le energie per il derby di domenica prossima. Mister, gioco io centravanti o Tommi?

– Tommi – risponde il cuoco-allenatore.

– Io gioco alle sue spalle nel tridente? – domanda ancora il codino.

– No, tu vieni a sederti con me in panchina ed entrerai nella ripresa – spiega Champignon.

Loris, che stava già infilandosi la cartolina nera della *KombAttiva* nel calzettone, si blocca, come se di colpo fosse diventato di marmo: – Ma mister, non posso stare fuori! Ha visto come ho giocato domenica scorsa?

– Sì, ma ho visto anche che eri un po' troppo allegro quando il numero 11 dei Miao si è fatto male alla caviglia e troppo... *kombAttivo* con Morten in allenamento – spiega il cuoco francese. – Un tempo da seduto per distendere i nervi ti farà bene.

Ormai lo avrai imparato: per Champignon i comportamenti non contano meno del talento e della buona forma. Infatti in panchina si accomoda anche Vlado.

Questa la formazione che comincia l'incontro con i Fiocchi di Bormio:

SPILLO

SARA ELVIRA NICO DUCCIO

TAMARA BRUNO

BECAN DANTE RAFA

TOMMI

La partita comincia senza sorprese.

I Cipo-K prendono subito il controllo del gioco e

mettono sotto assedio i ragazzi di Bormio, che indossano una maglia arancione. Deborah, che gioca con le solite scarpe da ginnastica, si dà da fare in difesa e prova a trascinare la squadra, ma ogni volta che si lancia in attacco viene fermata dalla diga formata a centrocampo da Tamara e Bruno.

Dopo cinque minuti i Cipo-K sono già in vantaggio.

Duccio cavalca fino alla bandierina e crossa al centro. Il traversone, troppo lungo, viene raccolto da Becan sulla fascia opposta. L'ala destra crossa sul primo palo per Rafa che arriva in corsa e, con la nuca, prolunga la parabola per Tommi, che piomba sul palo più lontano e scaraventa la palla sotto la traversa: 1-0!

Il capitano, rincorso dai compagni che vogliono abbracciarlo, continua la corsa con le braccia larghe, ad aeroplano, fin sotto la tribuna dove i tamburi dei genitori di Diouff fanno festa. Ma il suo sorriso perde quota quando riconosce Roger accanto a Egle…

La ballerina danza di gioia, tenendo per mano lo scheletro Aiuto. Il fratello di Adam è immobile, seduto, apparentemente deluso, come se abitasse a Bormio.

Dopo aver esultato con i compagni della panchina, Morten viene distratto da un nuvolone nero, ancora lontano, visibile oltre la tangenziale.

– Cosa dicono le nuvole? – chiede Champignon.

– Che all'inizio del secondo tempo pioverà – risponde il danese.

Intanto piovono palle-gol nell'area dei Fiocchi, che rischiano di naufragare...

Dante colpisce l'incrocio dei pali con una punizione delle sue, a giro; Bruno centra in pieno la traversa con una cannonata dal limite; il portiere dei Fiocchi si salva prodigiosamente da un colpo di testa di Nico, avanzato per un calcio d'angolo, e respinge di piede un tiro da un metro di Tommi.

Un'emozione dietro l'altra, a una porta sola. Perciò, anche se i Cipo-K non segnano altri gol, il pubblico di casa al termine del primo tempo applaude convinto e soddisfatto.

Non tutti i Cipo-K, però, hanno la stessa aria soddisfatta in spogliatoio.

Dante, per esempio esclama: – Una partita così va chiusa subito.

– Lo faremo nel secondo tempo – lo tranquillizza Spillo. – Non vedo pericoli. I Fiocchi non hanno mai superato la metà campo. Nella ripresa, per non annoiarmi, mi porterò una meringa da sgranocchiare in porta...

– Restiamo concentrati – suggerisce Tommi. – Un

solo gol di vantaggio non ci permette di scherzare.

– Tranquillo, capitano. Ora entro io e chiudo il conto – assicura Loris. – Ci è mancata fortuna, ma anche cattiveria sotto porta. Lasciate fare allo squalo…

Vlado e Duccio ridacchiano accanto lui.

Usciti dallo spogliatoio, i Cipo-K riconoscono Joao e Lara in tribuna.

Dante si avvicina alla rete di recinzione: – Allora? Com'è andata?

– Abbiamo vinto 3-2! – risponde il brasiliano allegro come il carnevale.

– E sappiamo già che hanno vinto anche i Leoncini – informa Lara. – Si deciderà tutto all'ultima giornata.

– Ok – sorride Dante. – Ora vinciamo anche noi e domenica prossima ci divertiamo nel derby…

L'arbitro fischia la ripresa del gioco nell'istante preciso in cui scoppia il primo tuono. Qualche minuto più tardi si scatena un violento temporale che svuota quasi tutta la tribuna. Restano solo i tifosi più fedeli, aggrappati agli ombrelli che un vento improvviso rovescia all'insù come corolle di fiori.

Dev'esserci vento anche ad alta quota, perché i nuvoloni lividi corrono al galoppo in cielo. Morten se li gode quando il gioco è fermo o la palla è lontana.

Sul campo inzuppato di pioggia la superiorità tecnica dei Cipo-K non fa più la differenza come nel primo tempo. È quasi impossibile infatti riuscire a costruire un'azione rasoterra o dribblare. La partita è diventata una gara a chi riesce a spingere avanti il pallone tra fango e pozzanghere e a mantenere l'equilibrio sull'erba bagnata. Per i ragazzi di Bormio, molto potenti atleticamente, ora è più facile difendersi e avvicinarsi alla porta di Spillo: calciano il pallone con lunghi rinvii e lo rincorrono sperando che in attacco succeda qualcosa...

Joao, stretto sotto l'ombrello di Lara, intuisce il pericolo: – Ho paura che i Cipo-K rimpiangeranno di non aver segnato più gol nel primo tempo. Su un campaccio del genere può succedere di tutto.

Neppure ha finito di dirlo che il numero 4 dei Fiocchi calcia da metà campo un rinvio a campanile che rimbalza al limite dell'area, schizza sull'erba bagnata e si trasforma in un proiettile diretto all'angolino.

Spillo lo intercetta all'ultimo momento con un gran volo sulla sua destra, il numero 9 sta per correggere in rete ma viene anticipato da un recupero provvidenziale di Loris che anche oggi si batte come un leone, in attacco e in difesa.

I pochi, coraggiosi tifosi rimasti in tribuna applaudono la prodezza di Spillo.

Loris incita i compagni: – Non molliamo, ragazzi! Dobbiamo portare a casa questi tre punti a tutti i costi! Kattivi e kombAttivi! Forza!

Spillo si toglie il cappellino inzuppato di pioggia e lo scaglia in una pozzanghera: – Mi ha fregato anche in primavera e senza neve!

Un altro tuono scuote il cielo.

I Cipo-K, immobili come statuine tra i Fiocchi che festeggiano, sembrano prigionieri di un incubo. Il sogno dello scudetto regionale si sta sciogliendo nella pioggia...

Loris corre a riprendere la palla in rete e la riporta a centrocampo urlando ai compagni: – Svegliamoci! Tutti avanti! C'è ancora tempo per segnare un gol! Kattivi e kombAttivi!

I ragazzi di Bormio si chiudono in difesa per proteggere il punto.

L'arbitro ha già guardato l'orologio pronto a fischiare la fine, quando il codino riceve un lancio di Bruno, entra nell'area affollata, punta il difensore più vicino, allunga un piede verso quello del Fiocco e vola a terra con un urlo, come se fosse stato sgambettato...

Il direttore di gara, più stanco dei giocatori per le corse nel fango, ha seguito l'azione da lontano, crede di aver visto un fallo e fischia il calcio di rigore.

Furibondi, i Fiocchi lo circondano per protestare:

– Si è buttato, signor arbitro! Non l'ha toccato nessuno! È simulazione!

Roger urla dalla tribuna: – Grande, Loris! Sei il numero uno!

– Il numero uno degli imbroglioni – lo corregge Lino al suo fianco.

– Perché? – chiede il fratello di Adam. – Fa parte del gioco. Come si fanno le finte agli avversari, si possono fare anche le finte agli arbitri, no?

L'arbitro fa qualche passo indietro per liberarsi dall'assedio dei Fiocchi, ma Deborah insiste: – Glielo chieda, arbitro! È scivolato da solo...

Tutti guardano Loris che ha già recuperato il pallone e lo sta ripulendo dal fango passandoselo sulla maglietta, pronto a posarlo sul dischetto.

– Ero in piedi, mi sono ritrovato steso a terra – spiega il codino con una faccia da angioletto. – Significa che qualcuno mi ha fatto cadere.

L'arbitro fa sgomberare l'area per l'esecuzione del calcio di rigore.

Un altro tuono, poi il silenzio assoluto.

In campo, in panchina e in tribuna tutti trattengono il fiato. È il rigore che può decidere un'intera stagione.

Il portiere dei Fiocchi lo raccoglie e l'arbitro fischia la fine della partita.

Cipo-K-Fiocchi 1-1.

– Non era rigore e il rigore non è entrato – sentenzia Champignon toccandosi il baffo sinistro che gocciola pioggia.

Falciati dalla delusione e dalla stanchezza, molti Cipo-K si lasciano cadere sulle ginocchia, nel fango.

Ora il sogno scudetto è per davvero appeso a un filo.

– Se non le avesse chiamate stupide, non sarebbe successo – commenta Morten.

– Con chi ce l'hai? – chiede Tommi.

– Con Loris – risponde serio il danese. – Se non avesse offeso le nuvole non sarebbero venute a piovere qui e non l'avrebbero fatto scivolare. Se l'è cercata.

11
UN PANDA DI NOME TOMMI

Stavolta, davanti ai risultati esposti alla bacheca dell'oratorio Giovanni XXIII, né Ciro né altri 10& Lodi se la sentono di prendere in giro gli amici dei Cipo-K per l'inatteso passo falso contro i Fiocchi di Bormio.

Sanno quanto ci sono rimasti male e soprattutto sanno che di fatto hanno perso il campionato. Solo un miracolo all'ultima giornata potrebbe riportarli in vetta alla classifica: i Leoncini di Brescia dovrebbero perdere in casa dei Talenti e la squadra di Tommi dovrebbe poi vincere il derby contro i 10&Lodi.

I Leoncini giocheranno la loro partita a Sotto il Monte sabato pomeriggio, in anticipo. Quindi, se la squadra di Brescia vincerà o pareggerà, i Cipo-K avranno già la certezza matematica di essere tagliati fuori dalla corsa per il titolo regionale e il giorno dopo affronteranno i 10&Lodi senza neanche la speranza di vincere lo scudetto.

6ª GIORNATA DI RITORNO	
LEONCINI (BS) - DIN. BRIANZA (LC)	4 - 1
ATL. MIAO (MN) - 10&LODI (LO)	2 - 3
CIPO-K (MI) - FIOCCHI (SO)	1 - 1
TALENTI (BG) - TICINO F.C. (PV)	2 - 0

CLASSIFICA	
LEONCINI	24
10&LODI	23
CIPO-K	**21**
TALENTI	18
DIN. BRIANZA	17
ATL. MIAO	13
TICINO F.C.	12
FIOCCHI	9

PROSSIMO TURNO
CIPO-K (MI) - 10&LODI (LO)
FIOCCHI (SO) - ATLETICO MIAO (MN)
TALENTI (BG) - LEONCINI (BS)
DINAMO BRIANZA (LC) - TICINO F.C. (PV)

MARCATORI CIPO-K	
TOMMI	9
LORIS	7
RAFA	5
DIOUFF	3
NICO, ANGELO, SARA, DANTE, MORTEN, IGOR	1

Dante è costretto a riconoscerlo: – Ormai abbiamo una possibilità su un milione di arrivare primi. Più facile che Spillo rifiuti una meringa...

– Non è vero – ribatte Joao che, da buon amico, cerca di fare coraggio agli ex compagni di squadra. – Non è impossibile che i Leoncini perdano sabato.

Stavamo perdendo anche noi a Sotto il Monte, ci ha salvati un gol di Ciro nel finale. I Talenti sono tosti.

– Sono d'accordo – aggiunge Ciro. – E poi quello è il paese di papa Giovanni, che dà il nome al nostro oratorio. Vi darà una mano... Io sento che i Leoncini perderanno e poi domenica ci giocheremo il titolo nel derby. Come aveva sognato Tommi.

– Ecco il capitano – avverte Sara. – Credo proprio che la pagina del *GiornaLino* non gli piacerà. Prepariamoci...

Il titolone della prima pagina recita: *CIPO-K? NO, CIPO KO!*

Il bravo Lino ha scherzato con la K e con il termine pugilistico per annunciare che i Fiocchi hanno messo al tappeto le speranze di scudetto della squadra di casa.

Ma non è il titolo che fa arrabbiare Tommi. È la foto che lo illustra, sempre di tema pugilistico: si vede Egle in calzoncini, canottiera e guantoni da boxe accanto a Roger, anche lui vestito da pugile.

Appena la vede il capitano spalanca gli occhi e fa una smorfia stranita, come se per davvero gli fosse arrivato un diretto sul naso...

Tommi si guarda attorno in attesa che qualcuno degli amici gli dia una spiegazione.

Ci prova Sara con un po' di imbarazzo: – Be', non c'è niente di strano... Roger le ha proposto di provare una lezione di fitboxe ed Egle ha accettato.

– E cosa sarebbe la fitboxe? – chiede il capitano.

– È una specie di ginnastica a ritmo di musica ma più divertente – spiega Spillo. – Perché, invece di saltellare e basta, tiri pugni, calci e ginocchiate a un sacco. Credo sia un buon allenamento anche per una ballerina.

– Ma perché non mi ha detto niente? – chiede ancora Tommi. – Lo sa che quel Roger non lo sopporto.

– Forse proprio per questo... – risponde Dante.

– O forse perché non le è piaciuta la lezione, non ci andrà più e quindi era inutile parlarne – ipotizza Sara.

– Vado a chiederglielo subito – decide il capitano, che si incammina verso il cancello dell'oratorio a passo spedito.

– Non l'ha presa benissimo... – commenta Joao.

– Ma non potevi scegliere un'altra foto? – domanda Ciro-Ciraffa a Lino. – Possibile che crei sempre problemi?

– Se un giornalista crea problemi con la verità significa che ha fatto bene il suo mestiere – replica Lino osservando con orgoglio il suo *GiornaLino* appeso in bacheca.

Arrivano in zona anche Loris e la sua banda.

– Banane 10&Lodi, noi forse non vinceremo il campionato ma di sicuro domenica ve lo faremo perdere – promette il codino con la sua impareggiabile simpatia.

– Noi saremo anche banane, – ribatte Joao – ma è stato bello vederti scivolare su una buccia domenica scorsa quando hai sbagliato il rigore...

Scoppiano tutti a ridere di gusto. Tutti tranne Loris, Duccio e Vlado, che minaccia: – Brasiliano, vedrai che scivolerai anche tu domenica quando ti entrerò sulle caviglie...

I tre ex Kappa si allontanano sghignazzando.

– Joao, fossi in te domenica mi terrei lontano da quel bisonte – consiglia Sara.

Il capitano trova Egle proprio davanti all'ingresso della *KombAttiva* con un borsone a tracolla.

– Ciao, Tommi – saluta la ballerina. – Non immagini neppure dove sto andando...

– A tirar pugni con il tuo amico Roger – risponde serio il centravanti.

– E tu come fai a saperlo? – domanda sorpresa Egle.

– L'ho letto sui giornali – spiega Tommi.

– I giornali? – ripete Egle ancora più stupita.

– C'è la tua foto in palestra sul *GiornaLino* – risponde il capitano. – Perché non mi hai detto niente?

– Neanche tu me l'avevi detto quando sei andato a tirare frecce con Arancha… – ribatte Egle. – E comunque non c'è nulla di male. Anzi, è una ginnastica che fa benissimo alle ballerine perché mette in movimento braccia e gambe e aiuta a fare fiato perché non stai mai ferma, devi sempre saltellare a ritmo di musica.

– Io non ho mai sentito parlare di ballerine che tirano cazzotti – commenta scettico Tommi.

– Ma non sono cazzotti veri! – esclama la ballerina. – Sono solo movimenti, pugni tirati in aria o a un sacco. Guarda, ti faccio vedere una combinazione a quattro colpi…

Egle posa a terra il borsone, saltella un po' di volte sul marciapiede, si porta i pugni al petto, poi distende velocemente le braccia contando a voce alta per dare ritmo ai pugni: – Uno… due… tre… quattro…

Solo che calcola male la distanza dal viso di Tommi e il pugno numero quattro finisce dritto nell'occhio sinistro del capitano…

– Scusa! Ti ho fatto male? – esclama immediatamente Egle che, imbarazzata, si inginocchia a soccorrere Tommi, finito ko con le mani sul volto.

– Accipolla, che botta... – si lamenta il capitano. – Meno male che erano pugni finti!

– Scusa Tommi, non volevo... Ho sbagliato le misure – si giustifica confusa Egle. – Aspetta, vado da Eva a cercare un po' di ghiaccio da metterti sull'occhio. Torno subito.

Roger, che si è goduto la scena di nascosto, si avvicina al capitano e sghignazza: – Vedi che avevo ragione? Appena ti toccano, voli a terra. Dovresti fare la ballerina...

Sabato pomeriggio, davanti all'oratorio Giovanni XXIII.

La Cipo-line imbarca un po' di Cipo-K e un po' di 10&Lodi per portarli a Sotto il Monte.

– Oh capitano, non stai male con l'occhio nero – scherza Sara. – Sembri un panda...

– Spiritosa – risponde Tommi, che ha un bel livido viola attorno all'occhio centrato da Egle.

– Don, crede che papa Giovanni farà vincere i ragazzi del suo paese? – chiede Morten. – Se i Talenti oggi battono i Leoncini possiamo ancora conquistare lo scudetto.

– Non lo so – sorride don Callisto. – I Leoncini sono

di Brescia, città di un altro papa, Paolo VI... Credo proprio che finirà in parità.

La partita è bellissima e ricca di emozioni.

I Talenti attaccano per tutto il primo tempo ma vengono infilzati in contropiede dal solito, velocissimo Scheggia. La mamma-leone dell'attaccante ruggisce di gioia in tribuna.

– Addio scudetto – commenta triste Joao.

A metà gara infatti i Leoncini sono saliti a ventisette punti: finisse così, i ragazzi di Brescia potrebbero già festeggiare il titolo regionale perché nel derby di domani né i 10&Lodi (ventitré punti) né i Cipo-K (ventuno) potrebbero raggiungerli.

Ma, a metà ripresa, un gol dei Talenti su punizione ridà speranza a tutti. Joao, Becan, Tommi, Sara e Lara si abbracciano come un tempo, quando vestivano la stessa maglia delle Cipolline. L'antico

TOMMI

fiore ha ripreso forma sulle tribune di Sotto il Monte.

Ora i Leoncini hanno venticinque punti, possono essere quindi scavalcati dai 10&Lodi ma non dai Cipo-K.

Infatti Spillo si alza in piedi e urla: – Forza cuginetti, ancora un gol!

– Hai dei cugini in campo? – chiede incuriosito un anziano spettatore.

– No, ma il mio oratorio si chiama Giovanni XXIII e i Talenti sono del paese natale del papa, quindi siamo cugini – spiega il portiere.

– Ah... – commenta lo spettatore poco convinto.

Il finale di partita è emozionantissimo: le due squadre tentano il tutto per tutto. I Leoncini per vincere e avere così la certezza del titolo; i Talenti per chiudere il torneo con un successo davanti al proprio pubblico.

L'ultima occasione capita proprio ai "cuginetti" di Sotto il Monte:

Sarebbe il gol che consentirebbe ai Cipo-K di tornare in lotta per lo scudetto, ma il numero 5 dei Leoncini accorre in scivolata, anticipa il centravanti dei Talenti e spazza via la palla prima che superi la linea di gesso.

L'arbitro fischia la fine dell'incontro: Talenti-Leoncini 1-1.

– Aveva ragione don Callisto. Parità tra i papi – commenta amaro Morten.

Dante e Becan tornano a sedersi e fissano il vuoto senza dire nulla. Sono il ritratto della delusione. È finita: i Cipo-K non possono più conquistare il titolo regionale. Se vincono il derby di domani salgono al massimo a quota ventiquattro mentre i Leoncini, con il pareggio di oggi, si sono portati a venticinque. I 10&Lodi invece hanno ancora la possibilità di arrivare allo scudetto ma devono battere i Cipo-K nell'ultima partita.

Appena Augusto mette in moto la Cipo-Line Joao chiede a Tommi con un sorriso furbo: – Domani ci lasciate vincere, vero?

12 LA SFIDA SCUDETTO

Rientrati all'oratorio, Tommi prende da parte Dante e Spillo e ordina: – Radunate tutti i Cipo-K che trovate e portateli al *Paradiso di Gaston* tra mezz'ora. Joao e gli altri 10&Lodi non devono sapere nulla. Ok?

– Ok, capitano – rispondono i due, senza chiedere ulteriori informazioni sulla misteriosa convocazione.

Mezz'ora più tardi una decina di Cipo-K è seduta a un tavolo appartato nella tisaneria di Eva, che ha già servito spremute di frutta per tutti.

– Vi ho radunati perché volevo sentire il vostro parere sulla partita di domani che è un po' strana... – spiega Tommi.

Loris prende subito la parola: – Parlo io perché ho le idee chiarissime sulla questione. Dobbiamo giocare alla morte per vincere, perché non ho intenzione di passare un anno a farmi prendere in giro dalle banane 10&Lodi.

– Non sono d'accordo – ribatte Spillo. – Io sarei molto più contento se lo scudetto lo vincessero i miei amici Joao e Ciro, piuttosto che i Leoncini che non conosco.

– Quindi domani farai apposta a subire gol per far vincere i tuoi amici? – chiede Vlado.

– No, anche perché domani gioca il Gatto... – ribatte Spillo.

I Cipo-K ridacchiano.

– Se devo essere sincero, immaginare Joao con lo scudetto sul petto che mi prende in giro per tutto l'anno non fa piacere neanche a me – ammette Becan. – Poi mi toccherebbe batterlo cento volte nelle nostre sfide di velocità per pareggiare.

– A me invece dà fastidio pensare che, grazie a noi, possa vincere lo scudetto Scheggia, che ci ha segnato un gol-truffa fingendo di allacciarsi le scarpe – osserva Dante.

– A me dà fastidio mia sorella Lara che ha già promesso di rifarmi il letto per tutta la settimana e non perde l'occasione per fare la carina da quando siamo l'ago della bilancia – rivela Sara.

– Ma questo è tentativo di corruzione! – esclama Angelo.

– Certo! – conferma Sara. – Fa la carina, poi mi dice:

«Domani non giocherai mica con occhi da tigre, vero gemellina? Tanto a voi vincere non serve a niente...».

– E invece serve eccome! – ribadisce Loris. – Serve a non subire un anno di torture. Me lo vedo già Ciro con il giornaletto di enigmistica in mano che chiede: «L'abbiamo vinto noi e non i Cipo-K. Otto lettere». E tutte le banane che rispondono in coro: «Scudetto!». Non potrei sopportarlo. Piuttosto mi trasferisco e vado a vivere in Cina... Io domani ce la metterò tutta per batterli e per garantirmi un anno di tranquillità.

Molti Cipo-K annuiscono. L'opinione del codino sembra aver raccolto parecchi consensi.

Poi però il Gatto, solitamente taciturno, prende la parola e riequilibra la bilancia: – Però se vincessero i 10&Lodi potremmo dire che alcune Cipolline sono campioni di Lombardia. Non saremmo noi ma sarebbero i nostri amici: Achille, Ciro, Joao, Saverio...

Al commento del violinista seguono alcuni secondi di silenzio che Dante spezza con una domanda: – Capitano, tu cosa dici?

Tommi osserva il suo bicchiere di spremuta come se fosse il laghetto del Forlanini e aspettasse che i pesci rossi salissero a galla a portargli la risposta. Poi risponde: – Io dico che ognuno deve pensarci bene per conto suo, dormirci sopra e domani giocare come crede sia meglio.

Segue un altro momento di silenzio, poi Diouff avanza un dubbio: – C'è una cosa che non mi spiego.

– Quale? – chiede Igor.

– Perché nessuno dei 10&Lodi ha cercato di corrompere Spillo? – risponde Diouff. – Con una decina di meringhe ce l'avrebbero fatta senz'altro...

– Anche meno – conferma Spillo. – Si vede che anche loro sanno che gioca il Gatto.

Una risata di gruppo conclude la riunione segreta.

Domenica mattina all'oratorio Giovanni XXIII.

Il grande giorno del derby è arrivato. Oggi si assegnerà lo scudetto regionale. Finirà sulle maglie rosse dei 10&Lodi o su quelle azzurre dei Leoncini di Brescia?

La tribuna non basta a contenere l'enorme pubblico richiamato dalla sfida decisiva. Da Lodi sono arrivati due pullman di sostenitori e altri due provengono da Brescia perché, se il derby finirà in parità o con una vittoria dei Cipo-K, i Leoncini festeggeranno il titolo.

Uno spesso cordone di spettatori circonda il terreno di gioco. La tribuna ha la chiassosa allegria di un carnevale. Nella macchia rossa dei tifosi di Lodi rullano i tamburi brasiliani suonati da Carlos e dai parenti di Joao e sventolano una decina di banane gialle gonfiabili con il bollino rosso 10&Lodi; nella zona dei Cipo-K lo scheletro Aiuto danza al ritmo dei bonghi africani di Karim e Aida; nell'area azzurra dei sostenitori bresciani la mamma di Scheggia, con il costume da leone, guiderà il tifo a favore dei Cipo-K, perché una vittoria dei 10&Lodi impedirebbe ai Leoncini la conquista del titolo regionale.

Durante il riscaldamento Dante si guarda attorno con un po' di malinconia: – Che peccato non poter giocare per lo scudetto davanti a un pubblico così...

– Già – conferma Rafa. – L'unica cosa che possiamo fare è scegliere a chi darlo.

L'arbitro fischia per ordinare alle squadre di disporsi in campo.

I 10&Lodi confermano lo schema 4-4-2 e la formazione titolare dell'andata:

BEPPE

MARTA TERRY BILLY LARA

SAVERIO ACHILLE MARCO JOAO

MARZIO CIRO

I Cipo-K si dispongono invece con il 4-3-3:

GATTO

SARA VLADO ELVIRA DUCCIO

BECAN DANTE MORTEN

RAFA TOMMI DIOUFF

Gaston Champignon, a cui non sfugge nulla (soprattutto se accade nel suo *Paradiso...*), ha saputo della riunione di ieri e sa con quanta tensione e quanti imbarazzi i suoi ragazzi vivano questa sfida contro tanti amici, perciò ha evitato i lunghi discorsi in spogliatoio.

Il cuoco-allenatore ha detto soltanto: – Ragazzi, avete giocato un grande campionato e per questo vi sono grato e mi complimento di cuore. Ci è mancata solo un po' di fortuna. Resta una partita, questa. Vi chiedo una cosa sola: divertitevi!

Loris si è lamentato nuovamente per la panchina e Champignon gli ha spiegato: – Ti ho visto stanco contro i Fiocchi. Sei caduto in area anche se nessuno ti aveva sgambettato. Meglio che riposi un tempo in panchina.

Al cuoco-allenatore non piacciono i furbi...

Gaston abbraccia davanti alla panchina l'amico Giovanni, allenatore dei 10&Lodi: i due tecnici si scambiano un in bocca al lupo. Il Gatto depone il suo violino all'interno della porta.

Tommi e Joao, i due capitani, due grandi amici, si stringono la mano.

L'arbitro fischia: si gioca!

I 10&Lodi, più motivati, partono fortissimo e prendono subito in mano la partita. Dante è in difficoltà davanti alla forza fisica di Achille e Marco. I Cipo-K, che hanno un centrocampista in meno, soffrono in mezzo al campo.

Lara si sgancia velocissima sulla fascia sinistra, Joao la vede con la coda dell'occhio e la serve con un colpo di tacco. La gemella stringe verso il centro, triangola con Marzio e spara in diagonale.

Il Gatto è battuto, ma piomba Sara in scivolata e libera sulla linea di porta.

È la prima occasione da gol che infiamma la tribuna.

Lara passa accanto alla gemella e le chiede risentita:

– Non potevi lasciarlo entrare quel pallone? Ti ho detto che ti rifacevo il letto per una settimana!

– Nessuno te l'ha chiesto! – ribatte Sara.

Pochi minuti dopo, i lodigiani sfiorano nuovamente il gol.

Joao parte in dribbling alla sua maniera, semina cinque Cipo-K e arriva davanti al Gatto. Pensa di calciare forte, poi cambia idea e calibra un pallonetto che sfiora la traversa e si perde sul fondo facendo ululare di delusione la zona delle banane: – Nooo...

Finalmente, a metà tempo, riescono a farsi pericolosi anche i Cipo-K con un travolgente contropiede Tommi-Rafa, che sorprende sbilanciata la difesa lodigiana. Con una serie di fitti passaggi di prima, il capitano e il Niño attraversano in un lampo tutta la metà campo avversaria.

Davanti a loro sono rimasti solo Billy e il portiere.

Tommi passa la palla a Rafa, che la ripassa a Tommi, che la ripassa a Rafa... Nessuno si decide a tirare.

– Tirate! – urla esasperato Loris dalla panchina.

– Tirate! – urlano i tifosi dei Leoncini che si sentirebbero più sicuri con i 10&Lodi in svantaggio.

Ma i due Cipo-K indugiano troppo, Terry ha tutto il tempo per recuperare e spazzare in angolo.

Gaston Champignon si stuzzica il baffo sinistro.

Passato lo spavento, i 10&Lodi riprendono ad attaccare alla ricerca del gol scudetto trascinati da Joao, in giornata di grazia.

Il brasiliano salta ancora Sara con un doppio passo, calcia la palla avanti e brucia sullo scatto Vlado che si lancia a piedi uniti mirando la caviglia dell'avversario. Joao rotola a terra e va a sbattere urlando contro la rete di recinzione.

Un fallaccio che fa venire i brividi a tutta la tribuna. Carlos resta con le bacchette del tamburo sospese, spaventato dalle urla del figlio.

– Dev'essere scivolato su una buccia di banana... – ridacchia Vlado con Duccio, ma cambia improvvisamente espressione a causa di un forte dolore all'orecchio.

Achille l'ha afferrato per un lobo e lo sta trascinando verso Joao: – Hai già spezzato un piede a un mio amico, due sarebbe troppo. Ora ti inginocchi e gli chiedi scusa.

– Ahia! Lasciami! Mi stai staccando un orecchio... – implora Vlado, che si inginocchia e chiede scusa a Joao, curato dal massaggiatore dei 10&Lodi e da Augusto.

L'arbitro accorre e ammonisce prima Vlado: – Al

prossimo fallo vai a fare la doccia! –, poi Achille: – Le punizioni in campo le decido io, chiaro?

L'ex bullo raggiunge Joao: – Come va?

– Bene, il piede è rimasto attaccato alla gamba – sorride il brasiliano. – Posso continuare.

– Tranquillo – lo rassicura Achille. – Quel bisonte non si avvicinerà più. Ci tiene alle orecchie…

La partita riprende emozionantissima.

Nel finale di tempo ancora una grande occasione per parte.

I tifosi dei Leoncini si disperano ancora. E pochi minuti dopo si disperano quelli dei 10&Lodi perché Joao, lanciato da un perfetto assist di Marco, tenta e sbaglia un nuovo pallonetto invece di calciare forte.

Per il disappunto Carlos tira una martellata sul tamburo: – Ma cosa gli prende oggi? Ha paura di fare male al pallone?

Donato, non lontano dal papà di Joao, allarga le braccia: – Boh, forse hanno decretato lo sciopero degli attaccanti. Non tira in porta nessuno…

L'arbitro fischia la fine del primo tempo.

Gaston Champignon raggiunge lo spogliatoio dei 10&Lodi e chiede a Giovanni: – Ti spiace se ti rubo per qualche minuto Joao e le altre ex Cipolline?

– Fai pure – risponde il tecnico dei lodigiani.

13 HANNO VINTO LE CIPOLLINE!

Joao e le altre ex Cipolline dei 10&Lodi entrano nello spogliatoio dei Cipo-K.

– Cominciamo da Joao – inizia Gaston Champignon. – Hai sbagliato quei due pallonetti per via del violino, vero?

– Be', sì... – ammette il brasiliano. – Ho preferito non calciare forte per evitare di romperlo. So quanto ci è affezionato il Gatto.

– Bene – riprende Champignon. – E tu Tommi hai avuto paura di segnare il gol che poteva far perdere lo scudetto ai tuoi amici dei 10&Lodi.

– L'avesse segnato Rafa, mi sarei sentito più tranquillo... – confessa il capitano.

– E io ho pensato la stessa cosa passando la palla a Tommi anche se potevo tirare – ammette il Niño.

– D'accordo, – conclude il cuoco-allenatore – sono sentimenti da amici e perciò mi guardo bene dal condannarli. Anzi, vi fanno onore. Ma, in questo caso, sono sentimenti sbagliati, ragazzi. Nello sport non c'è modo migliore per rispettare un avversario che dare il massimo, nel rispetto delle regole, per cercare di superarlo. Nel rispetto delle regole: capito, Vlado?

Il difensore, che si sta massaggiando l'orecchio dolorante, fa segno di sì con la testa.

– Segnare un gol a un vostro amico non significa offenderlo – riprende Champignon. – Se i 10&Lodi vinceranno contro i Cipo-K che hanno giocato al massimo delle loro possibilità, il loro scudetto varrà oro; se arriverà per regalo, invece, varrà molto meno. E poi dovete pensare ai Leoncini, che si sono allenati e battuti per un'intera stagione: vi sembra giusto che perdano lo scudetto per una partita finta? I ragazzi di Brescia, che sono in tribuna a guardarvi, hanno diritto a una partita vera e a giocarsi in modo onesto le loro possibilità di scudetto. Ora toglietevi tutti la maglia.

– Anche noi? – chiede Ciro perplesso.

– Sì, anche voi – conferma Champignon. – Mettetevi sotto una vecchia maglia delle Cipolline che trovate in questo borsone e rimettevi sopra la vostra.

10&Lodi e Cipo-K obbediscono scambiandosi sorrisi divertiti.

– Ora tornate in campo e giocate da Cipolline, cioè dando il massimo con onestà, ognuno per la propria squadra – ordina il cuoco-allenatore. – Non dimenticate la maglia che avete sotto. Divertitevi e... tirate in porta!

– Non si preoccupi, mister – lo rassicura Loris. – Ora entro io che non ho amici dall'altra parte e farò di tutto per fare gol alle banane... Kattivo e kombAttivo!

Nessuno lo sta a sentire.

Joao scambia un "Cipo-ok" con Tommi poi, con i compagni di squadra, torna nello spogliatoio dei 10&Lodi.

Il primo gol lo segna Tommi con una splendida rovesciata su cross di Morten.

La mamma di Scheggia, vestita da leone, abbraccia Donato che stava per scappare: – Pensavo che mi volesse sbranare...

I Leoncini, con venticinque punti, al momento sono campioni regionali, secondi i 10&Lodi con ventitré.

Il pareggio arriva grazie a un cross di Saverio che Ciro incorna sulla traversa.

Il piccolo Marzio è il più rapido ad avventarsi sul rimbalzo e a calciare in rete: 1-1.

Leoncini venticinque punti, 10&Lodi ventiquattro.

Il gol più bello della giornata è di Joao che corre per venti metri con la palla attaccata alla fronte, come una foca, poi la lascia cadere e con un colpo di coscia scavalca Vlado, riprende il pallone alle spalle del bisonte e, prima che tocchi terra, al volo, lo calcia all'incrocio: Cipo-K-10&Lodi 1-2.

È il gol del sorpasso in classifica: 10&Lodi ventisei, Leoncini venticinque.

Le banane gonfiabili ondeggiano in tribuna per l'entusiasmo.

Ma i Cipo-K, come promesso a Champignon, non mollano.

Loris è terrorizzato dall'idea che Joao e Achille possano diventare campioni. Si taglierebbe anche il codino pur di segnare il gol del pareggio che darebbe il titolo ai Leoncini, ma è chiuso dalla morsa spietata di Terry e Billy che non gli hanno fatto mai vedere la palla. Con le buone e con le cattive...

Dopo l'ennesimo fallo, si rivolge furibondo ai due gemelli inglesi: – Ma dove avete imparato a randellare così?

Billy estrae dal calzettone una cartolina nera della *KombAttiva* e risponde: – In una nuova palestra. Io sono il kattivo, mia sorella è la kombAttiva...

Il gol del 2-2 comunque arriva a cinque minuti dalla fine: lo segna Sara, al termine di un'azione spettacolare.

Il Gatto serve Dante, che si libera di un avversario e invita Sara a lanciarsi in attacco.

La gemella scatta sulla fascia destra ma il numero 10, a sorpresa, si volta e calcia la palla a sinistra verso Morten, che vola fino alla bandierina.

Il cross del danese è troppo lungo per Tommi. Sara, che ha proseguito la corsa, entra in area e incorna in tuffo sotto la traversa.

I Leoncini tornano a ruggire di gioia. Nuovo sorpasso: Leoncini venticinque, 10&Lodi ventiquattro.

Ancora cinque minuti di sofferenza e lo scudetto volerà a Brescia!

Lara osserva la sua gemella che esulta con i Cipo-K e digrigna i denti con occhi da tigre: – Non appena torno a casa glielo brucio il letto, altro che rifarglielo!

Con la stessa grinta si lancia in attacco per l'assalto finale dei 10&Lodi.

JOAO SI LIBERA ANCORA UNA VOLTA E CROSSA AL CENTRO...
CIRO SALTA PIÙ IN ALTO DI TUTTI E COLPISCE DI TESTA.
IL GATTO VOLA E SCHIAFFEGGIA LA PALLA, CHE RIMBALZA SULLA LINEA.
BONK
LE GEMELLE SONO LE PIÙ VICINE...
SI SCAMBIANO UN'OCCHIATA DI SFIDA E SI LANCIANO IN SCIVOLATA.
SARA ARRIVA PER PRIMA E CERCA DI ALLONTANARE...
MA LA PALLA CARAMBOLA CONTRO LA SCARPA DI LARA...
PAFF
E POI IN RETE: È IL DEFINITIVO 3-2 PER I 10&LODI!

Il gol-scudetto: la squadra di Joao è campione di Lombardia!

Al fischio dell'arbitro, l'onda rossa dei tifosi di Lodi e le banane gialle invadono il campo. Joao salta sulle spalle robuste di Achille e si fa portare in trionfo. I tamburi di Carlos cantano tutta la sua gioia.

Ciro-Ciraffa gira per il campo, sventolando i suoi calzettoni magici e puzzolenti.

Il trio Ma-Ma-Ma e i Terribili, i cinque gemelli più felici del campionato, hanno formato un girotondo e non si fermano più...

Chi l'avrebbe detto? All'inizio i 10&Lodi sembravano la squadra più debole del torneo, una formazione messa insieme con la colla: qualche ragazzino inesperto di Lodi, gli scarti dei Cipo-K e i gemelli inglesi arrivati all'ultimo... Però ci hanno messo tutti lo spirito giusto, l'umiltà e l'impegno che servono per formare una squadra di acciaio. Perché, come ripete spesso Champignon: «Tra undici ottimi giocatori che giocano per conto loro e undici giocatori discreti che giocano l'uno per l'altro, vincono sempre i discreti».

Gaston Champignon è stato infatti il primo a intuire la forza dei 10&Lodi e ora si complimenta con il collega Giovanni: – Un grande trionfo, congratulazioni, *mon ami*!

– Metà scudetto è tuo, caro Gaston – riconosce Giovanni. – Senza i tuoi consigli saremmo ancora sul fondo della classifica!

– No, è tutto merito tuo e dei tuoi ragazzi – ribatte il cuoco-allenatore. – Ci avete dato una bella lezione di squadra che farà crescere anche i miei Cipo-K. E, mi raccomando, stasera al *Petali in pentola* si fa festa. Vi aspettiamo con la coppa!

– Ci saremo! – promette mister Giovanni Fontana.

L'allenatore dei Leoncini di Brescia è sceso in campo per stringere la mano a Champignon: – So che nei 10&Lodi avevate molti amici ma avete lottato fino alla fine per vincere e quindi per fare vincere anche noi. Volevo ringraziarvi.

– Sono io che ringrazio lei, caro signore – risponde il cuoco-allenatore emozionato. – Questo suo riconoscimento per me vale più di uno scudetto.

Tommi ordina ai compagni di mettersi in fila per salutare gli avversari.

Solo Loris, Vlado e Duccio non obbediscono. Anzi, il codino si toglie la maglia, la lascia sul prato, imitato dai due amici, e annuncia: – Da oggi noi non siamo più Cipo-K.

Sara stringe la mano alla gemella ed esclama: – Che fortuna hai avuto in quel rimpallo!

– No, sei tu la fortunata – ribatte Lara. – Se avessi perso lo scudetto per colpa del tuo gol, ti avrei bruciato il letto!

Le gemelle si abbracciano e scoppiano a ridere.

Si abbracciano anche i gemelli.

Pavel consola Igor: – Dai, uno scudetto in due ce lo siamo portati a casa...

Joao, capitano dei vincitori, passa con orgoglio nel corridoio dei Cipo-K.

Stringe la mano a Morten, che gli rende onore: – Hai dovuto cercarti un'altra squadra per colpa mia, perché sono stato più bravo nelle selezioni, ma il più forte sei tu. E l'hai dimostrato.

– Grazie Morten, ma non è vero – sorride il brasiliano. – Io di nuvole non so nulla...

Per ultimo, Joao stringe la mano a Tommi: – Capitano, me l'hai fatto sudare questo scudetto...

– Però te lo sei preso – ribatte Tommi. – Se avessi saputo che un giorno mi avresti battuto in campionato, ti avrei lasciato a giocare al Forlanini con i tuoi parenti... Vai adesso, che devi sollevare la coppa, capitano. Ve lo siete meritati.

Gli organizzatori del campionato hanno già montato il palco al centro del campo. I giocatori vengono premiati con una medaglia, poi Joao riceve la coppa dalle mani del presidente e la solleva al cielo urlando di gioia, mentre due cannoncini sparano coriandoli rossi e i tifosi di Lodi sventolano le bandiere e le banane gonfiabili.

Alla fine dei festeggiamenti, Dante chiede a Joao: – La fai una foto anche con gli sconfitti?

Joao si toglie la maglia dei 10&Lodi e resta con quella delle Cipolline: – Ma qui non ci sono sconfitti. Siamo tutte Cipolline!

Cipo-K e 10&Lodi imitano il brasiliano, si tolgono la maglia e restano con quella storica delle Cipolline per la foto che comparirà sul prossimo numero del *GiornaLino*: tutti insieme sul prato, attorno alla coppa regionale.

Ancora una volta Lino sceglierà un bel titolo: *HANNO VINTO LE CIPOLLINE!*

7ª GIORNATA DI RITORNO	
CIPO-K (MI) - 10&LODI (LO)	2 - 3
FIOCCHI (SO) - ATL. MIAO (MN)	2 - 1
TALENTI (BG) - LEONCINI (BS)	1 - 1
DIN. BRIANZA (LC) - TICINO F.C. (PV)	3 - 1

MARCATORI CIPO-K	
TOMMI	10
LORIS	7
RAFA	5
DIOUFF	3
SARA	2
NICO, ANGELO, DANTE, MORTEN, IGOR	1

CLASSIFICA FINALE	
10&LODI di Lodi	26
LEONCINI di Brescia	25
CIPO-K di Milano	**21**
DINAMO BRIANZA di Merate (LC)	20
TALENTI di Sotto il Monte (BG)	19
ATLETICO MIAO di Mantova	13
TICINO F.C. di Pavia	12
FIOCCHI di Bormio (SO)	12

14
SKELETRON, SI BALLA!

Alla sera grande festa al *Petali in pentola* in onore dei 10&Lodi, con uno speciale menu a base di fiori preparato per l'occasione da Gaston Champignon.

La coppa del campionato regionale è in bella vista al centro della tavola, Cipo-K e 10&Lodi chiacchierano allegramente ricordando le fasi più emozionanti e divertenti del torneo: Marta, Marco e Marzio che hanno cominciato in un ruolo e finito con un altro su consiglio di Champignon, il gol in mutande inventato da Diouff, le partite sul campo innevato di Bormio, i calzettoni di Ciro che hanno contaminato tutta Lodi...

I soli che non ridono e scherzano sono Loris, Duccio e Vlado, che si sono seduti dalla parte opposta della tavolata.

– Guardate, – segnala Dante – Vlado si sta ancora massaggiando l'orecchio...

– Già, forse ho esagerato – riconosce Achille. – Ma quando fanno male a un mio amico, io divento molto più kombAttivo di lui...

– Chissà se è vero che lasceranno la squadra – si chiede Becan.

– Dal codino bisogna aspettarsi di tutto, – commenta Spillo – soprattutto quando è stato sconfitto e medita la rivincita.

– Voi sarete sempre gli stessi? – domanda incuriosita Tamara.

– Non so – risponde Achille. – Rimontare e vincere lo scudetto regionale è stato fantastico, però non è stato facile andare avanti e indietro per gli allenamenti, soprattutto d'inverno. Milano-Lodi, Lodi-Milano...

– L'ho pensato anch'io – confessa Ciro.

– Non facciamo scherzi, ragazzi! – esclama subito Marta. – La prossima stagione avremo uno scudetto sul petto da difendere e dovremo esserci tutti.

– Ok, ma non mi sembra questo il momento di preoccuparsi – conclude Joao. – Adesso godiamoci la festa e le meringhe, se Spillo ce ne lascia qualcuna...

A dire la verità, Tommi non ha la faccia di uno

che si sta godendo la festa. Non l'ha messo di buonumore neppure la notizia di essersi laureato capocannoniere del campionato con dieci gol, davanti a Scheggia dei Leoncini con otto e a Joao e Loris che ne hanno fatti sette.

Probabilmente c'entra il fatto che Egle sia seduta accanto a Elvira e Lara, lontano da lui.

– Capitano, siete ancora arrabbiati? – chiede sottovoce Sara.

– *Io* sono arrabbiato – precisa Tommi.

– Per l'occhio nero? – domanda la gemella.

– No, mica l'ha fatto apposta... – spiega il centravanti. – Perché è andata in quella palestra senza dirmelo.

– Ma te l'ha spiegato! Non c'è niente di male e le serve per la danza – prova a giustificarla Sara. – La fitboxe è divertente. Ci sto facendo un pensierino anch'io...

– Però lo sapeva che quel Roger non lo sopporto – taglia corto Tommi. – Se stasera ha voglia di chiacchierare, telefoni al suo amico pugile...

Finita la cena, entrano in azione i mitici Skeletron in formazione allargata.

Infatti, alle gemelle (tastiere), a Ciro (chitarra), al Gatto (violino) e ad Augusto (batteria), componenti storici della band, si aggiungono per l'occasione Donato (piatti), Karim e Aida (bonghi africani) e Carlos (tamburo).

E non basta...

A sorpresa, irrompono al ristorante il biondino della *KombAttiva*, che impugna un saxofono, e il suo fratellino Roger.

– Chi li ha invitati i due simpaticoni? – chiede subito Tommi.

– Io – risponde Gaston Champignon. – Ogni volta che vedo Adam mi prude il baffo sinistro, ma lui ci ha invitato all'inaugurazione del suo locale e mi è sembrato giusto ricambiare invitandolo nel mio. Io non chiudo mai le porte a nessuno.

Adam saluta tutti con il suo sorriso da pubblicità del dentifricio: – Buona serata, amici! Ho sentito buona musica e ho pensato di contribuire con il mio fedele sax... se siete d'accordo.

– Certo! Unisciti agli Skeletron! – lo invita Donato. – Vieni a suonare con noi!

– Grazie, Donato. Come va con il sacco? – si informa Adam.

– Benissimo. Io lo picchio e lui sta zitto – risponde il papà di Tommi.

– Così ti voglio: kombAttivo! – esclama il proprietario della palestra. – E ora cominciamo. Suonate una delle vostre canzoni e io vi verrò dietro con il sax. Un pezzo ballabile così i ragazzi possono scatenarsi in pista, ok?

Augusto dà il tempo battendo una bacchetta della batteria sulle costole dello scheletro Aiuto: – Uno, due, tre, quattro... –, poi gli strumenti cominciano a suonare.

Nonostante la presenza di Adam, Gaston Champignon è costretto a lisciarsi il baffo destro: quella band, che riunisce più continenti (Europa, America del Nord, America del Sud, Africa...), gli piace un mondo.

Quando petali diversi si fondono in un unico fiore, il cuoco-allenatore è sempre felice.

I piatti con un solo ingrediente sono infatti di una tristezza infinita.

A metà della canzone, Adam a sorpresa monta sulla tavola già sparecchiata e muovendosi sulle ginocchia, senza smettere di suonare il sax, raggiunge il posto di Eva.

Toglie un fiore da un vaso e glielo porge, ma la dea delle tisane lo annusa e lo infila nella bocca del sax.

Scoppiano tutti a ridere.

Adam finge di mettersi a piangere, si infila il fiore all'occhiello della giacca, salta giù dal tavolo e torna a suonare dagli Skeletron.

– È presuntuoso e arrogante, però devi ammettere che un po' è simpatico – sussurra Daniela.

– Sì, un pochino... – riconosce Eva sorridendo.

Neppure il corteggiamento del fratellino Roger va a buon segno...

– Vuoi ballare? – chiede a Egle.

– No, grazie – risponde la ballerina. – Ho promesso di farlo con il mio panda preferito.

Poi si alza e va da Tommi: – Balli?

Tommi la guarda serio, senza rispondere.

– Dai, non fare il permaloso capitano! – gli consiglia Sara al suo fianco. – Chiudi un occhio!

– Veramente è lei che me l'ha chiuso con un pugno – ribatte Tommi.

Scoppiano tutti a ridere.

Il capitano si alza, prende per mano la sua ballerina preferita e la porta al centro della sala a ballare la musica degli Skeletron.

Roger, seduto accanto a Loris, Duccio e Vlado, non lo perde d'occhio: – Quando affronteremo i Cipo-K in campionato Tommi lo marco io. È mio.

– Te lo lascio volentieri. Io l'ho già sistemato una volta – ridacchia Vlado, mentre Duccio si toglie una caccola dal naso.

Loris ha intenzione di fondare una nuova squadra?

E ci sarà anche Roger?

Achille e le altre ex Cipolline resteranno nei 10&Lodi?

I Cipo-K riusciranno a vincere il prossimo campionato?

Continuerà il corteggiamento di Adam a Eva?

Roger e Tommi si sfideranno ancora per Egle?

Lino riuscirà a realizzare il suo progetto di un nuovo giornale di quartiere?

Ti racconterò tutto nelle prossime storie.

A presto. Anzi, a prestissimo!

Cipo-ciao!

DIRITTO DI GIOCARE A CALCIO... DIVERTENDOSI!

Alle sue Cipolline Gaston Champignon ricorda sempre che la prima regola è divertirsi, non vincere. Perché chi si diverte… non perde mai!

Be' non è il solo a pensarla così: nel 1992 a Ginevra è stata scritta una *Carta dei diritti dei ragazzi allo sport*. Leggetela bene e pretendete che i vostri diritti vengano sempre rispettati!

1. Il diritto di divertirsi e giocare
2. Il diritto di fare sport
3. Il diritto di beneficiare di un ambiente sano
4. Il diritto di essere circondato e allenato da persone competenti
5. Il diritto di seguire allenamenti adeguati ai suoi ritmi

6 ⚽ Il diritto di misurarsi con giovani che abbiano le sue stesse possibilità di successo

7 ⚽ Il diritto di praticare sport in assoluta sicurezza

8 ⚽ Il diritto di avere i giusti tempi di riposo

9 ⚽ Il diritto di non essere un campione

Gaston Champignon

CHI È LUIGI GARLANDO?

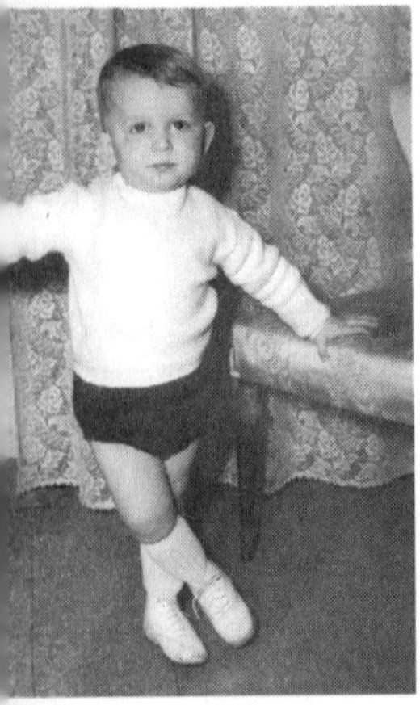

Luigi a tre anni

Tra le tante cose che facevano infuriare mia mamma quando ero piccolo ce n'erano due in particolare: il lampadario della sala rotto e i cuscini sporchi d'inchiostro. Bastava che mi lasciassero solo in casa con mio fratello Ferruccio e la sala da pranzo diventava uno splendido campo di calcio. Il guaio è che in sala avevamo un insopportabile lampadario di cristallo, bello ma delicatissimo, una specie di testa con tanti orecchini di vetro: alla minima pallonata perdeva i pezzi.

Diventato un po' più grande, ho scoperto il divertimento della scrittura. Visto che ormai non avevo più l'età per farmi raccontare le fiabe, alla sera, prima di addormentarmi, me le raccontavo da solo, o meglio, inventavo delle storie e le scrivevo su un quaderno a quadretti. Il guaio, in questo caso, è che il sonno spesso arrivava prima che riuscissi a posare il quaderno e a mettere il tappino alla biro che così, rotolando nel letto per tutta la notte, macchiava cuscino e lenzuola.

Insomma, a me il calcio e la scrittura sono sempre piaciuti, infatti oggi sono un giornalista sportivo. Scrivo sulla *Gazzetta dello Sport*, quel giornale rosa

che si pubblica a Milano, città in cui sono nato e cresciuto.
Prima di diventare giornalista, però, ho fatto per qualche anno l'insegnante di italiano. Allora davo i voti agli studenti, ora li do ai calciatori. La differenza è che quando un ragazzino si prendeva un 4 in un tema non mi telefonava per protestare, mentre quando do un 4 sul giornale a un centravanti, spesso mi squilla il cellulare...

Luigi Garlando

Non sono veloce come Becan o Joao, non ho la grinta di Sara e Lara, non ho la potenza di Spillo né l'altezza di Ciro-Ciraffa, non ho i piedi buoni di Tommi né il lancio preciso di Dante, ma gioco a pallone lo stesso... Almeno una volta alla settimana, con i miei compagni di lavoro. E come spiega Gaston Champignon: io non perdo mai, perché mi diverto sempre! Modestamente, ho una certa classe, come potete vedere nella foto qui sopra...

Un abbraccio a tutti! Luigi Garlando

P.S. Se volete scrivere a me o alle Cipolline, questa è la mia e-mail: lgarlando@rcs.it

INDICE

VIENI A GIOCARE CON LE CIPOLLINE
SUL LORO SITO!

www.lecipolline.it

Dello stesso autore puoi leggere anche:

Luigi Garlando

La vita è una bomba!

Boban tira una bomba dal limite, il portiere respinge la punizione del cecchino, l'attaccante avanza ed esplode il destro… Com'è possibile che una delle cose più belle del mondo, il calcio, e una delle più brutte, la guerra, parlino con le stesse parole? Eppure è così, e Milan, otto anni, di Sarajevo, adottato a Milano da nuovi genitori, ne sa qualcosa…

Luigi Garlando

Da grande farò il calciatore

Pietro ha due passioni: il calcio e la sua isola, uno scoglio grande come la metà di un campo da calcio dove vive con la mamma, che si occupa del faro. Il giorno del suo compleanno Pietro riceve un regalo speciale: seduto in cucina c'è Iaki il Magnifico, il suo calciatore preferito! A volte i sogni si avverano… Pietro farà amicizia con il suo mito e lo seguirà fino a Milano per diventare un vero calciatore!

Luigi Garlando

Da grande farò il calciatore

Pietro ha due passioni: il calcio e la sua isola, uno scoglio grande come la metà di un campo da calcio dove vive con la mamma, che si occupa del faro. Il giorno del suo compleanno Pietro riceve un regalo speciale: seduto in cucina c'è Iaki il Magnifico, il suo calciatore preferito! A volte i sogni si avverano... Pietro farà amicizia con il suo mito e lo seguirà fino a Milano per diventare un vero calciatore!

Luigi Garlando

GOL!

NON PERDERTI LE AVVENTURE DELLE CIPOLLINE:

1. Calcio d'inizio
2. E ora... tutti in Brasile!
3. Inizia il campionato
4. Sognando la finalissima
5. La sfida decisiva
6. In trasferta a Parigi
7. Una scelta importante
8. Arriva il nuovo capitano
9. Il grande ritorno
10. L'ora della rivincita
11. Intervista con il campione
12. La nuova squadra
13. Un campionato difficile
14. Cina... stiamo arrivando!
15. Tommi non mollare!
16. Spillo ha deciso!
17. Bentornato Mister!
18. Una Cipollina in più
19. Attacco alla difesa
20. Finale a sorpresa
21. Cambia tutto!
22. Il giorno delle selezioni
23. Amici contro
24. Tutti in Spagna!
25. Girone di ritorno

Supergol!
Scendi in campo con le Cipolline!

Supergol! 2
Le Cipolline in Nazionale

Supergol! 3
Il Mondiale delle Cipolline

Supergol! 4
Il mondo delle Cipolline

...E TANTE ALTRE IN ARRIVO!

81
IGOR
8
BRUNO
6
ELVIRA
GATTO
11
16
TAMARA
VLADO
4
2
SARA